Wolfgang Bader (Ed.)

novum #14

Volume 1

novum pro

© 2023 novum Verlag

ISBN 978-3-99146-393-1
Lektorat: Falk-M. Elbers
Umschlagfoto:
Valio84sl I Dreamstime.com
Umschlaggestaltung, Layout & Satz:
novum Verlag
Innenabbildungen:
S. 100: Eva Arnold;
S. 123, 126: Melina Linster;
S. 206: Markus Isler

Die von den Autoren zur Verfügung
gestellten Abbildungen wurden in der
bestmöglichen Qualität gedruckt.

Gedruckt in der Europäischen Union
auf umweltfreundlichem, chlor- und
säurefrei gebleichtem Papier.

www.novumverlag.com

Bibliografische Information
der Deutschen Nationalbibliothek:

Die Deutsche Nationalbibliothek
verzeichnet diese Publikation in
der Deutschen Nationalbibliografie.
Detaillierte bibliografische Daten
sind im Internet über
http://www.d-nb.de abrufbar.

Inhaltsverzeichnis

Auszug des Werkes „Die Kur"

Am nächsten Tag bewaffnete ich mich erneut mit meiner Lederhose und Trachtenhemd, schon allein, um die unzähligen fragenden Blicke zu erhaschen, die mir sagten, was oder aus welchen Gründen es einen Mann mit solch einer eindeutig nicht aus der Region stammenden Tracht in diese Breitengrade verschlagen hat. Nach reichlichem Einverleiben des übersichtlichen Frühstücksangebots hatte ich mich dazu entschlossen, den sonnenverwöhnten Tag in Gottes freier Natur zu verbringen. Und ich ging, wie die letzten Tage zuvor, quer durch den idyllisch angelegten Park, den Bach entlang, der beidseitig von einem Rad- und Wanderweg begleitet wird. Kurs Richtung Innenstadt, wo ich mir zur Feier des Tages ein ordentliches Mittagessen genehmigte, das ich mir nach etwa zweistündigem Fußmarsch quer durch Bad K. redlich verdient hatte und meine Geschmacksknospen erst recht, als Abwechslung von der fast ungenießbaren Küchenkunst der Klinik. Und es war ein Traum, dieser Toast nach Art des Hauses, mit zwei nicht gerade kleinen Stückchen Schweinemedaillon, frischen Champignons und mit ordentlich Käse überbacken, dazu zwei schön gekühlte Cola-Weizen. Und die Welt der Gaumenfreuden war wieder in Ordnung.

Nach dem erlebten Hochgenuss meldete sich, mit nachlassender Wirkung meiner Drogen, mein Rücken wieder und war sozusagen gezwungen, den Rückweg anzutreten, um den Pegel des Drogenspiegels aufrechtzuerhalten, konnte es mir aber dennoch nicht verkneifen, eine Waffel, auf der drei Eiskugeln thronten, bei der Dame mit dem süßen Lächeln in der Hose als Wegzehrung gegen zwei Euro zwanzig einzutauschen. Mit der Tüte Eis in meiner Hand ging ich nun in Richtung Klinik und war von der wohligen Wärme der Sonne so angetan, dass ich mich trotz Steigerung der Schmerzen gezwungen sah, mich auf eine der vielen Bänke, die im gesamten Park verstreut angeordnet waren, zu setzen, um mich noch etwas in der Ruhe, die dieser Park – mit Ausnahme der Züge, die am Rande des Parks alle halbe Stunde vorbeirauschten – bot, ein wenig von der Sonne verwöhnen zu lassen. Als ich so mit in den Nacken gelegtem Kopf und geschlossenen Augen in der momentan herrschenden Ruhe in Gedanken an meine Liebe zuhause vertieft, vor mich hin döste.

Dürfen wir uns dazusetzen?

Lautete die Frage der Dame, deren Alter so um die Siebzig lag, mit ihrer kleinen vierbeinigen Freundin, Niki, die sie im Schlepptau hatte.

Natürlich, ich beiße nicht und fresse auch keine kleinen Hunde!

Das ist lieb von Ihnen.
Sie haben eine schöne Lederhose! Fügte sie an.
Kommen Sie aus Bayern?

Nicht direkt, ich wohne ziemlich nahe an der Grenze zu Bayern. Antwortete ich.

Was ist die nächste bekannte Stadt in Ihrer Nähe?

Memmingen. Erwiderte ich.
Ach, das kenne ich, da war ich des Öfteren mit meinem Mann, der vor vier Jahren – viel zu früh – von uns ging.
Was machen Sie eigentlich hier, wohnen Sie hier oder sind Sie etwa auf Reha, wenn man fragen darf?
Auf Reha. Doppelter Bandscheibenvorfall!

Na, waren Sie zu oft in den Bergen? Oder haben Sie solch eine schwere Arbeit? Oder gar zu viel Freizeitvergnügen, wenn Sie verstehen? – Kam die letzte Frage mit einem Augenzwinkern bei mir an. –

Sie wissen schon, wenn es hinten wehtut, sollten Sie vorne etwas weniger! Kam der Zusatz mit doppeltem Zwinkern.

Ich spüre förmlich, auf was Sie hindeuten – zwinkerte ich zurück.

Ich und mein Mann waren fast jedes Wochenende und jeden Urlaub in den Bergen. Wir waren schon überall im Umkreis von Oberstdorf beim Wandern und in Südtirol. Im Rosengarten, eine ca. 32 km von Bozen entfernte prachtvolle Gebirgskette mit Klangwäldern und von kleinen schönen Dörfern gezierte Ferienregion, im Naturpark Schlern – Rosengarten in den Dolomiten. Es ist so schön dort. Mein Mann hat die Berge geliebt und ich das Wandern.

Aber seit er tot ist und ich vor zwei Jahren die in meinen Augen völlig unnötige Knieoperation hatte, komme ich hier nicht mehr heraus. Weil das Knie nicht mehr wird!

Kommen wir jeden Sonntag, um etwas Auslauf zu haben, hier in diesen Park.

Ich konnte förmlich spüren, dass die ältere Dame voller Freude war, mir über sich und ihr Leben zu berichten. Und wir unterhielten uns noch einige Zeit über Gott und die Welt.

Nach dieser entzückenden Unterhaltung hielt ich kurz inne, nachdem wir uns verabschiedet hatten, und es wurde mir bewusst, dass ich der verwitweten Lady mit ihrem kleinen Hund durch mein Zuhören den Tag versüßt habe. Da stieg in mir ein Gefühl von Wohlsein auf und ich ging meines Weges.

In der Klinik angelangt wurde es höchste Zeit, die nächste Runde Drogen für den Kampf gegen die Schmerzen einzuwerfen.

Da der Tag sich auch schon dem Abend näherte, packte ich wie jeden Abend meinen Rucksack mit meinen Badesachen, um das allabendliche Bad in dem mit den von französischen Urlaubern und von unseren Herzkranken stammenden, so fürchtete ich, Spermien durchzogenen Thermalwasser zu genießen.

Schon beim Betreten der Badeanstalt waren mir wieder unzählige junge Paare ins Auge gestochen, die sich bereits auf dem Weg zu den Umkleidekabinen und den Fluren zwischen den Umkleidekabinen und den Spinden mehr als unsittlich berührten. In mich hineinhörend hatte ich das Gefühl, dass der heutige Aufenthalt noch einige Überraschungen bereithalten würde.

Die sich auch prompt auf meinem Streifzug in Richtung Außenbecken des mir mittlerweile eher als Fortpflanzungsinstitut bekannten – so kam es mir zumindest vor –Spaß- und Therapiebades Bad K. Dieses wird von der ortsansässigen Bevölkerung auch neckisch „Waschanlage der grenznahen französischen Bevölkerung" genannt.

Als nicht nur die Fraktion der Damenwelt vierzig plus, ja sogar doch noch nicht gerade wenige Damen, meist sogar in männlicher Begleitung sich an den Blubberblasen erfreuten. Dies, wie ich erblicken durfte, war nicht nur eine älter Dame, sondern mehrere ältere Damen, die ja auch noch in männlicher Begleitung anwesend waren. Und wenn dir solch eine Dame ins Auge sticht, besonders wenn diese auf einem Whirlpoolsitz des warmen Außenbeckens sitz. Entspannt mit geschlossenen Augen, nach wenigen Minuten des Blubberns die Mundwinkel von negativ gestimmt langsam aber stetig in Richtung himmelwärts gehen, der Rumpf sich leicht von einer Seite zur anderen wiegend, die Dame sich Sekunden später mit einem glückseligen Gesichtsausdruck an den hinteren Rand des Blubbersitzes lehnt. Durfte ich in der großen Kuppelhalle der Badeanstalt mehrere junge französische Pärchen, die, wie ich unverblümt zu erkennen vermag, offensichtlich in dem 36 Grad warmen Thermalbecken innig und eifrig – indem der männliche Teil der Pärchen sich mit dem Rücken zum Beckenrand lehnt, während sie sich mit umklammernden Beinen an ihn hangelt – mit rhythmischen Bewegungen ihrer Hüften ihrer Erregung freien Lauf ließen (wäre laute Musik gespielt worden, könnte man meinen, es handele sich bei den Pärchen um ein Wasserballett), um keine fünf Minuten später in den in der Kuppelhalle befindlichen WC und Duschen pärchenweise zu verschwinden. Ohne zuvor registriert zu haben, dass der Bereich von dem mit warmem Wasser gefüllten Becken aus einzusehen ist, da die Kabinentüren gut einen halben bis dreiviertel Meter über dem Boden endeten. Dadurch, dass die Beine bis zum Knie mühelos vom Rand des warmen Beckens zu erkennen waren, ja selbst beim Brustschwimmen fiel einem auf, dass von den vier Beinen, die die Kabine zuvor betreten hatten, minutenlang nur noch drei zu sehen waren. So war es für jeden ersichtlich, was in diesen mit eindeutig sexuell stimulierender Atmosphäre gefüllten Räumlichkeiten vor sich ging. So, mit von freier Willkür der französischen Jugend überfluteten Gedanken, musste ich das Erlebte des Tages am Tisch in froher Runde mit ein paar Vierteln guten Weines bei meinem anschließenden Besuch am Ballermann verarbeiten.

Seelenbotschaften

Hoffnung

Was such ich Mensch
in dieser Welt?
Liebe, Freundschaft, Achtung
oder Geld?
Groß sind Vielfalt und auch Ziele.
Für Suchende ein Labyrinth.
Enttäuschung für zu viele.
Drum nutz Dein Denken, suche Werte,
weich nicht ab von dieser Fährte.
Stelle Dir die Frage:
Warum geht der Mensch dahin,
wo das Licht am hellsten scheint,
und nicht, wo unsichtbare Wärme
sich lang mit seiner Seele eint?
Nicht die Suche nach Kalkül
soll sein, was jeder will.
Besiege Angst und finde Ehrlichkeit.
Top,
auf diesem Pfade kann man wandeln.
Dabei weder Elefant noch Mücke sein,
nur nach reinem Geiste handeln.

Lebenswerk

Des Meisters Esse raucht nicht mehr,
es fehlt des Hammers glockenheller Klang
der Tag scheint fad und leer,
und doch formt Trauer fließend tiefen Dank,
den Lohn der Kunst,
Lebenssinn zu schmieden,
immer neu,
aus Feuer und Stahl,
aus Ehr und Treu.
Das Leben ließ ihm jede Wahl,
er hat den Teufel stets gemieden
und hielt es mit den Weisen.
Des Meisters Esse raucht nicht mehr,
es bleiben Liebe, Andacht, Eisen.

Dimensionen

Du Mensch,
was willst Du auf dem Boote?
Ist es nicht sinnenleer?
Siehst Du nicht die Dimension
zum Meer?
Der Ozean
gibt unserer Kugel sein Gesicht.
Dein Boot,
das sieht man aus dem Orbit nicht.
Doch –
im Blick auf Dich
erahnt man wildes Leben.
Hürden haben nie gestört –
im Mittelpunkt das Streben,
weil die Neugier Dir gehört.

Die Zelle

Der Friede ist wertvoll,
sagt man.
Das Recht ist wertvoll,
sagt man.
Die Freiheit ist wertvoll,
sagt man.
Das Eigentum ist wertvoll,
sagt man.
Die Familie ist wertvoll,
sagt man.
Ich bin wertvoll,
sage ich,
denn ohne ich
gibt es kein man und mehr.

Mutter

Ein Leuchtturm steht nicht mehr,
zerstört durch die Zeit.
Nährt vergangener Schein
des Lebens gute Frucht?
Sinken wir im Meer des Seins,
oder laufen wir in sichere Bucht?
Finden kann nur,
wer die wahren Dinge sucht.
In sich selbst!
Liebe wie auch Licht
gehen nie verloren.
Ein Leuchtturm steht nicht mehr.
Doch Mutter, Du wirst uns immer
neu geboren.

Zweifel

Brauchst Du einen Freund
oder nur keine Lücke?
Freunde haben ist edel,
doch anderer Leben
birgt auch Tücke.
Bist Du bereit zu geben,
zu lieben,
oder suchst Du ein Opfer,
um daran zu siegen?
Sammelst Du zum Vergleich
Leid, Unglück oder Namen?
Wer bist Du, was Dein Siegel?
Ein Mensch, im Herzen reich?
Oder ist Dein Schatz ein Spiegel?
Verziert mit goldenem Rahmen.

Zerbrechlichkeit

Alles geht vom Geiste aus,
mit dem Körper fängt man nicht das Glück.
Was Du brauchst, ist Dir gegeben,
änderst Du Naturgeschaffnes,
änderst Du Dein Leben.
Das, was heute in, ist morgen out!
Äußerlich gezeichnet, wirst Du Beute,
nicht eigener Herr –
gefressen von der Meute.
Klug ist der, der seinem Geist
lässt Zeit zu wachsen.
Nur der bestimmt sein Leben,
kann eigne Wunden heilen,
der seine Wurzeln sieht,
sich selber und sein Umfeld liebt,
bereit, mit jedermann zu teilen.

Zeit

Täglich geht die Sonne auf.
Das Wasser rinnt bergab.
Unerbittlich ist der Zeiten Lauf.
Inmitten, wandernd durch das Leben,
gestützt auf der Welten Gab,
der Mensch in seinem Streben.

Jedes Ding hat seine Zeit,
alles fließt und fließt
ohne Anspruch auf Unendlichkeit.
Nur, wer den Augenblick genießt
und dankend mal verharrt im Blick,
hat's in der Hand,
begreift des Lebens Fülle
und sein eigenes Geschick.

Willkommen

Tritt ein
mit Deinem Seelenbild.
Sind menschlich,
Deine Sorgen.
Schmerzen,
auch weniger wild,
verlängere nicht auf morgen.
Du bist jetzt hier,
bei kundig Geist und Händen,
die Dich tragen
und Deine Schatten
ins Dunkel senden ...

Reisender

Finde, was Du suchst auf Erden.
Gönn Dir
die im Augenblick
gegebene Rast.
Bald wirst Du – Dein Geschick,
weitersuchen,
zwischen Welten –
auch, was Du unten nicht
gefunden hast.

An der Schwelle

Dein Verstand, er hatte Zeit,
viele Kind- und Jugendjahr zu reifen,
nicht oder doch bereit,
um dann den Kern des Lebens zu begreifen.
Kämpfen – nichts kommt von allein,
der Rebell in Dir muss sein.
Es drohen plötzlich Fragen aller Arten,
die ungeduldig auf die Antwort warten.
Du bist einzig auf der Welt,
Dich interessiert kein Gut und Geld,
sondern nur Gerechtigkeit,
für die Du ziehst in jeden Streit.
Du siehst nicht mehr das warme Nest,
das Dich geborgen,
willst alles anders machen,
im Aufbruch Richtung Morgen.
In solchem Augenblick bedenke:
Aus Liebe bist Du einst entstanden,
klug, darin zu üben,
an denen, die immer gut Dich fanden.

Klug, sich nicht zu fügen
einer jähen inneren Wut –
sie ist nicht Dir und Deinen Nächsten
für die Seele gut.
Denn nach gelebter Zeit
suchst Du nach schönen Augenblicken –
dann tuts Dir leid,
die Uhren mussten weiterticken.
Aus vergangenen Tagen,
da nützt kein Winden,
kannst Du niemand mehr befragen.
Der Rebell in Dir muss sein,
nur wer auch sich sucht, der wird finden.

Geschichten

PsychoanalytischeliterarischeAuseinandersetzung

Lieber Leser tauchen Sie ein in:

Das Buch, dass niemand lesen kann. Oder was ist ein Buchstaben Narzisst

Eigentlich wünsche ich mir, dass diese Zeilen nicht korrigiert noch redigiert werden. Warum, sicher nicht um dafür nicht bezahlen zu müssen. Nein, mein eigentliches Ansinnen ist, etwas aufs Papier zu bringen, dass nicht den üblichen Gepflogenheiten entspricht.

Ja, kann man das überhaupt lesen? Oder schon beim ersten Buchstaben hört der geneigte Leser auf. Er sagt sich dann, so einen Schrott überhaupt zu veröffentlichen ist eine Schande. Na ja, wie es man nimmt. Da gibt es vielleicht noch grösseren Schrott auf dem Buchmarkt.

Wissen Sie lieber Leser, ich schreibe Rosa, häm natürlich Prosa. Mit Poesie und Lyrik kann ich nicht viel anfangen. Nun der Versuch wäre es Wert. Wie zum Beispiel,

Oh der Schnee er fällt
Ich brauche Geld
Für neue Winter Reifen
Sonst komme ich mit
meiner Karre ins schleifen

Poesie, na ja, das ist eher ein Geburtstags Reim oder so etwas. Doch wie es eben so ist wenn ich einmal zu schreiben begonnen habe, versuche ich es durchzuziehen. Nicht ganz einfach heute. Doch da kommt es, der Narzissmus. Selbstdarstellung, Selbstverliebtheit, immer in den Spiegel schauen. Du bist der schönste, der Beste und überhaupt...

Um noch einmal auf „Das Buch, dass niemand lesen kann" zurück zu kommen. Lesen, liegt heute nicht mehr im Trend. Es sind genügend andere Möglichkeiten vorhanden um sich zu unterhalten.

Aufzählen will ich sie jetzt nicht. Den es wäre Zeitverschwendung. Oder sollte ich es doch tun? Dann hätte ich vielleicht meine 1800 Autoren Anschläge bald einmal erfüllt. Das wohlgemerkt vier Mal. Also vier x 1800 Buchstaben. Das ist einfach so, sonst fällst du aus dem Rennen. Und alles war für die Katz.

Doch eben wer liest dann diesen Schrott. Oder anders herum, hat überhaupt es jemand schon gewagt eine solche Spinnerei auf das Papier zu bringen? Ich weiss es nicht. Doch ich kann mir vorstellen, dass es Bücher gibt die fast nicht lesbar sind. Nicht weil sie keine Korrektur und niemand Redigiert hat. Sondern, weil sie einfach nicht lesbar sind. Also vielleicht ein Buch dessen Schreibstil der einfach ja, eben nicht lesbar ist. Doch ich kann mir vorstellen, dass vielleicht, hin und wieder besonders diese Bücher, die niemand lesen kann hochgejubelt werden. Und dann der Autor noch einen Buchpreis bekommt.

Gut für einen Buchpreis müsste ich mehr als vier x 1800 Wörter schreiben. Ach was soll's, bin ich auf die Welt gekommen um einen Buchpreis zu gewinnen?

Vielleicht schon. Jetzt lieber Leser ist der Teil von „Das Buch, dass niemand lesen kann zu Ende, vielleicht aber auch nicht.

Doch der Übergang zum „was ist ein Buchstaben Narzisst" ist gelungen.

Nun, eine Medizinische Diagnose hat für diese Psychische seltene, unbegreifliche Krankheit noch niemand erstellet. Wie auch, sie ist eben gerade erfunden worden. Ich meine natürlich die Psychisch verschobene Krankheit eben mit Namen, ich wiederhole sie nicht.

Im frühen Spätmittelalter anfangs des 20igsten Jahrhundert. Mit grosser Not durch die Französische Revolution durchgekommene Diagnose zur Psychischen Verschrobenheit des Buchstaben Narzissmus. Hat Sigi Freud und seinen Kumpanen grosses Kopfzerbrechen bereitet. Warum? Ich weiss es nicht. Ist mir im Grunde genommen auch so ziemlich egal.

Nun ich bin auf einen römischen, zu seiner Zeit sehr berühmten Psychoanalytiker, gestossen. Beim Querdurchlesen durch sein zehn Unbändiges Gesamtwerk. Jedes Buch hat 20zig x 1800 Wörter, das sind insgesamt 360000 Wörter, bin ich auf diese Aussagen gestossen.

Der Römische Psychoanalytiker Quintus Psychiche Instabilus hat zu diesem Thema, eine Diagnostische Abhandlung in grösster Steinzeitlicher Akribie geschrieben.

Ich versuche nun aus Sicht eines im 20igsten Jahrhundert geborener und im 21zigsten Jahrhundert lebenden Autor und Hobby Psychiater diese epochale Worte und Diagnose zu analysieren und darüber eine kleine Dissertation zu kritzeln.

Liebe Leser mögen Sie noch? Wenn ja dann lesen Sie weiter. Sonst lassen Sie es einfach.

Die ersten Buchstaben sind ca. 4000 vor Chr. geschrieben worden. Es scheint die Sumerer hätten das gemacht. Gehen wir einmal schauen was da entstanden ist. Ach ja, wir sind immer noch bei dem Buchstaben Narzisst oder Buchstaben Narzissmus.

Aus bis heute noch unbekannten Gründen hat irgendjemand, irgendwann, irgendwo die verrückte Idee produziert, es sei doch gut wenn er seine Einkünfte und Ausgaben aufzuschreiben. Also schon damals ging es um die Knete. Wer hat der hat, wer braucht der sucht, wer nichts hat der hat nichts.

Lieber Leser ich möchte sie nun 4000 Gilgamesh ein der berühmtesten Männer seiner Zeit. Nach langer Zeit und Voranmeldung konnte ich endlich ihn intervenieren.

Ich: „Herr Gilgamesh ich bedanke mich bei ihnen, dass ich dieses Interview mit ihnen machen darf. Wie sind sie überhaupt darauf gekommen zu schreiben?

Ggh: „Was meinen sie mit Schreiben. Ich habe mit einem Holzstift auf Tontafeln Zeichen gekritzelt und zwar, so das es nicht jeder Depp lesen konnte. War nicht ganz einfach. Doch wie Sie sehen liest man mich immer noch. Wissen Sie schreiben ist eine Kunst die aus der Kunst kommt. Wie zum Beispiel, eine wunderschöne Zeichnung, ein Bild hat mich inspiriert. Meine Gedanken gingen dort hin, ich wollte das Bild, die Zeichnung zum sprechen bringen. Doch wie mache ich das?

Ich setzte mich hin". Ich unterbrach ihn. Ich: „Also wenn ich es richtig verstanden habe, dann waren Bilder und Zeichnungen die Vorlage ihrer Schrift".

Ggh: „Kluges Kerlchen, sie habe es verstanden. Ja, doch bis es soweit war, dass ich es lesbar machen konnte, brauchte es enorm viel Zeit. Schrift hat auch mit Mathematik zu tun. Auch da sind wir Sumerer mit der Nase ganz vorn". Ich: „Können Sie mir das näher erklären?"

Ggh: „Also passen Sie auf. Die Buchstaben haben gleichzeitig einen Zahlenwert. So ist es auch möglich die Buchstaben so zusammen zu setzten, dass sie eine Zahl ergeben. Ist doch gut oder?" Ich: „Ja häm, natürlich, sicher, klar. Doch ich wollte sie fragen wie sich die ganze Schreiberei auf Sie persönlich ausgewirkt hat?" Spürten Sie eine Veränderung in Ihrer Wahrnehmung?"

Ggh: „Wie meinen sie das, Veränderung der Wahrnehmung. Sowas blödes, ich bin und war immer noch derselbe. Also ich muss schon sagen. Na ja, vielleicht hat es schon eine Veränderung bewirkt".

Ich: „Können sie diese Veränderung beschreiben?" Ggh: „Die Keilschrift hypnotisierte mich. Ich musste immer schreiben, schreiben. Und dann, dann wurde ich berühmt. Je mehr ich mich mit der Schrift zeigte, umso mehr verliebte ich mich in sie.

Ich war und bin der Grösste, denn der Gilgamesh Epos. Jeder der einwenig sich mit der Schrift irgendeinmal beschäftig hat, hat von dem gehört. Wissen Sie, wenn ich jeweils durch die Strassen von Babylon ging verneigten sich die Mitbewohner vor mir. Und wie ich schon sagte, ich verliebte mich in mich selber und in meine Buchstaben.

Sie ich sage Ihnen es war und es ist ein Gefühl das nicht zu übertreffen ist".

Ich: „Also Herr Gilgamesh, ich werde nun versuchen eine Geschichte zu schreiben.

Denn stellen Sie sich vor, auch ich bin ein Buchstaben Narzisst. Also will ich auch meine Literarischen Künste auf Papier bringen. Doch zuerst in den Schlepptop hinein tippen. Und vor allem meine Phantasie in Gang bringen.

Könnten Sie sich das vorstellen Herr Gilgamesh dies könnte mir gelingen? Ich meine eine Geschichte zu schreiben?"

Gilgamesh: „Also, versuchen Sie es doch einfach, vielleicht gelingt es Ihnen. Doch Sie müssen sich bewusst sein, es könnte schief gehen. Und vor allem wird Ihr Gekritzel nicht diese Berühmtheit erlangen wie das was ich schrieb. Darum viel Vergnügen, Herr, wie ist schon wieder Ihr Name?

Ich: „Tom Bluniatti, ist mein Name gerührt nicht geschüttelt".

Es war einmal Geschichte

Ach ja, eine Geschichte beginnt immer damit, „Es war einmal". Doch ich will keine „Es war einmal" Geschichte schreiben. Wie soll ich jetzt nur beginnen? Vielleicht so, „Das kann doch nicht sein". Nein ist auch nicht gut. Oder, „Damals in", ja wo den war damals. Ist doch alles Quatsch.

Sehen Sie lieber Leser, so beginnt ein sogenannter Sau-Schreibstau. Ich komme nicht weiter. Meine Phantasie hat sich davon gemacht. Sie hat sich sogar irgendwo in meiner Wohnung versteckt. Was soll ich tun? Na ja beginne ich ohne sie.

Ein alter König, der in dem langsam aber sicher, eine leichte Demenz wuchs.

Schon seid Jahren wohnte er und seine Bediensteten im kleine Jagtschlösschen am Rand eines riesengrossen Waldes.

Die Bewohner seines Landes verwunderten sich schon lange, dass er nicht auf seinem herrschaftlichen Schloss residierte.

Es ist doch üblich, dass ein König in seinem Schloss wohnt und von dort aus sein Herrschaftsgebiet regiert. Doch nein, bei unserem König hier, in dieser Geschichte war es eben nicht so.

Denn er selber meinte immer, dass er gar kein Schloss besitze. Nun das war für ihn eigentlich nicht so Elefant, äh natürlich meinte ich relevant. Er wurde immer darauf aufmerksam gemacht, er müsse doch auf seinem Schloss wohnen. Doch ums weiss ich was willen wollte er einfach nicht. Denn im Zustand der Abnahme seiner normalen Wahrnehmung war es ihm dies so ziemlich Scheissegal. Doch eines Tages kam eine gute Feh vorbei und hielt mit ihm eine königlichefehischepsychothearpeutische Sitzung ab. Doch auch dies bewirkte nicht allzu viel. Oder mit anderen Worten gar nichts. Nun der König ohne Schloss, wie er immer meinte, blieb in seinem Jagtschlösslchen wohnen. Und eben wenn er nicht gestorben ist dann lebt er heute noch. Vielleicht mit noch mehr weniger normaler Wahrnehmung. Oder sonst irgendetwas. So, dass war es wohl, mit meinen Überlegungen und Analytischen Analysen des Phänomens des Buchstabens Narzissmus.

Noch einmal zur Erinnerung; Buchstaben Narzissmus ist eine vor allem auftretende Psychische Störung bei Buchautoren. Sie wollen nämlich ums Verr. zeigen und schreiben was sie können oder eben nicht können.

Das wars dann schon lieber Leser. Lassen Sie sich nicht zum Buchstaben Narzissmus hinreissen. Oder doch, na ja, ich lasse Sie selber entscheiden ob sie dies wollen oder nicht.

Mit freundlichen Grüssen
Tom Bluniatti

Das Buch, das niemand lesen kann

Vorwort oder Nachwort

Lieber Leser

Ja, lieber Leser, sowas schreibt man nicht. Das ist absoluter Schrott. Jeder Verleger würde den Kopf schütteln, wenn er das lesen täte. Er muss es lesen, sonst kann er dazu keine Stellung nehmen, ha, ha, ha! Das ist ja Zeitverschwendung im höchsten Maße. Wissen Sie, lieber Leser, ich bin Schweizer. Das soll aber keine Ausrede und Entschuldigung sein. Nein, es ist einfach eine Tatsache. Ja, wir reden auch Hochdeutsch in der Schweiz. Doch eines, das für die deutschen Ohren holprig und nicht besonders schön daherkommt.

Und stellen sie sich vor, dazu bin ich noch ein Jung-Schriftsteller, der versucht, seine literarischen Ergüsse mittels eines Computers auf ein weißes Blatt zu bringen. Dazu noch Legastheniker und einer, der von Interpunktion und Rechtschreibung keinen Schimmer hat.

Trotzdem habe ich mich erdreistet, einen Roman zu schreiben. Die Geschichte, ja, nicht schlecht. Sie hat einen Spannungsbogen. Ist zum Teil mit Humor durchzogen.

Doch wurde das Buch im Finale einfach zu dick und hatte zu viele Seiten. Der Lektor und der, der es korrigieren musste, wurden fast an den Rand des W...sinnes getrieben. Nein, so ein, vom Autor nicht noch einmal durchgelesenes, Buch. Und minimal im Voraus ein wenig korrigiertes Buch, ist eine Schande. Ja fast schon ein kleines Des... na ja, lassen wir es. Das ist nicht anständig, und lässt in den Charakter des Schreiberlings tief hinein schauen.

Darum habe ich mich entschlossen, weiter zu schreiben. Ich will ja lernen und dereinst ein vollkommenes Produkt meinem Verleger abliefern. Denn sind Sie sich bewusst, lieber Leser? Wenn ein Schriftsteller ein Buch veröffentlichen will und der Verleger das Manuskript annimmt.

Dann, lieber Leser, kostet das ein Schweinegeld. Nun, wenn der Schriftsteller natürlich bei einem Verleger unter Vertrag steht und immer wieder etwas Lesbares liefert, sieht vielleicht die ganze Angelegenheit anderes aus.

Denn stellen Sie sich vor, lieber Leser, nach Seitenzahl und nach der Zahl der Wörter wird eine Offerte vom Verleger erstellt und angeboten. Und dann muss sich der Schreiberling entscheiden, ja, der Bestseller soll verlegt, oder weggeschmissen werden.

Jetzt stellen Sie sich vor, lieber Leser, ich habe mich entschlossen, Ihnen ein Buch vor die Nase zu knallen, das nicht redigiert, noch korrigiert oder sonst etwas ist. Vielleicht liest jemand so etwas, oder es geht in die Hosen.

Darum muss ich darauf achten, nicht zu viele Wörter auf das Blatt zu bringen und auch noch darauf schauen, dass die Seitenzahl nicht durch die Decke schießt.

Und der Verleger muss letztendlich geneigt sein, dieses Buch, das vielleicht niemand liest, zu verlegen. Der Versuch ist es trotz allem wert.

Einmal ein Buch, das vielleicht den Einen oder Anderen zum Kopfschütteln animiert. Oder einfach zum Lachen bringt. Das Letztere wäre natürlich die Bombe. Denn dann hätte dieses literarische Wunderwerk seinen Zweck erfüllt.

Die Abgründe der Deutschen Sprache

Stellen Sie sich vor, ein Goethe, ein Schiller oder ein sonst wer der großen deutschen Wort-Jonglierer, hätte so ein literarisches Wunderwerk geschrieben.

Es wäre nie veröffentlicht worden. Und ich bin fast überzeugt davon, dass das Manuskript mit ziemlicher Sicherheit im nächsten Abfallkorb gelandet wäre. Wie heißt es heute doch so schön, sch.ß die Wand an, es kann nur etwas Besseres nachkommen.

Stellen Sie sich vor! Wenn Sie nur schon den diesjährigen Gewinner des deutschen Buchpreises anschauen, dann frage ich mich: Hat man sich schon überlegt, wie und was ein Buch ist, das gelesen werden sollte?

Also, wenn dann das Buch noch dem Mainstream entspricht. Na dann, alles Gute! Und alles ist im grünen Bereich.

Mein Buch mit dem Titel, „Das Buch, das niemand lesen kann", ist so mit Fehlern und vielem anderem mehr durchseucht, dass es, STOPP, ich wiederhole mich.

Ja, ich nehme an, wenn nun mein Verleger das liest, wird er verärgert sein, und sich fragen, „soll ich mir das überhaupt antun, diesen Wisch zu lesen?"

Da ich kein Hellseher bin und vor allem keine Kristallkugel zu Hause habe, kann ich dies so weit weg, aus der Schweiz, nicht beurteilen, ob er dies auch tut oder nicht.

Ja, nun zurück in die Abgründe der deutschen Sprache. Sie kennen sicher den Spruch, „Deutsche Sprache schwere Sprache". Ausnahmsweise stimmt dieser Sinnspruch. Denn nicht umsonst wird unsere Sprache als eine der schwierigsten auf dieser Welt bezeichnet. Das wäre vielleicht der große Vorteil gegenüber Außerirdischen.

Sie müssten in einem mühevollen Lernprozess unsere Sprache lernen. Dies wäre dann so quasi das Eintrittsgeld, um überhaupt nur einen Fuß auf Mutter Erde zu setzen.

Gut also, lieber Leser, gehen wir in „medias res" wie es der Lateiner zu sagen pflegt. Der – Die – Das; Vorvergangenheit, Nachvergangenheit; Gegenwart, Halbgegenwart; Prononmen, Abtomen und nicht zu vergessen bitte: die Neutronen. Zeitformen, die mir einfach fremd sind und über die ich immer wieder stolpere und ganz heftig auf die Nase falle.

Nun, als ehemaliger Hilfsschüler könnte mir das am A... vorbeigehen. Doch nun, lieber Leser, kommt der Ehrgeiz. Er kommt mit einer rasanten Geschwindigkeit auf mich zu. Es packt mich und ich frage mich, könnte ich das nicht auch auf die Reihe bringen? All die „Interaktionen" unserer Sprache doch noch zu erlernen? Jetzt, lieber Leser, kommt natürlich die große epochale Frage:

Will ich das überhaupt, die Feinheiten noch erlernen? Oder sage ich mir ganz einfach. Der Lektor und Korrektor sollen diese Arbeit übernehmen.

Dabei Blut schwitzen und fluchend diese anspruchsvollen Zeichen gerade biegen. Ich bezahle ja. Lieber Leser, ist das Bequemlichkeit oder einfach Unvermögen?

Ja, wissen Sie, nur schon diese Zeilen auf das Blatt zu bringen, ist für mich eine Sache, die mit Angst und Tränen verbunden ist. Kann das Zeugs, das ich schreibe, überhaupt gelesen werden? Hoppla, da hat es schon 857 Wörter, aufpassen, Tom! Das kann dich teuer zu stehen kommen!

Oha, lieber Leser, ich bin auch schon auf der Seite fünf angelangt. Na ja, wenn es nur das ist.

Die Schwäche

Lieber Leser, wenn Sie mich sehen würden, dann würden Sie von mir den Eindruck bekommen: Das ist ein gemütlicher Kerl. Doch weit gefehlt. Mein Leben wurde immer wieder von der Ungeduld überfahren.

So auch beim Schreiben. Einfach schreiben. Kein großes Konzept erstellen. Keine Planung, einfach geradeaus schreiben. Der Phantasie einfach ihren Lauf lassen. Ist doch gut oder?

Sicher, das kann gut sein. Doch auch eine Art von einem Schreibstil, der verheerende Auswirkungen hat. Wie schon gesagt, keine Geduld, einfach drauflos schreiben.

Dann entstehen Sätze, die total verdreht sind. Wohl lesbar. Doch sie ergeben einfach letztendlich keinen Sinn. Oder vielleicht schon. Aber ich muss ihn herausfinden.

Das wiederum strapaziert des Lesers Geduld und irgend einmal legt er das literarische Meisterwerk zur Seite. Es verstaubt und liegt dann Jahrzehnte lang im Bücherregal.

Bis irgendjemand kommt und es vielleicht gnädigerweise doch noch ganz fertig durchackert. Oder im schlimmsten Falle, es in den Abfall schmeißt.

Lieber Leser, also nicht nur der Autor, wie es in meinem Fall ist, auch der Leser, kann sehr ungeduldig sein.

Also bin ich gehalten mit Liebe und Geduld zu schreiben. Kann ich das? Oder naht da die Überforderung?

Vielleicht werde ich dies in der weiten, weiten Zukunft einmal fertigbringen. Any Way wie der Engländer zu pflegen sagt. Oder, no body is perfekt.

Um es auf den Punkt zu bringen, und ich sage es noch einmal, ich schreibe weiter. Denn Geschichten erzählen und schreiben ist eine Leidenschaft von mir. Nun, dass schreiben fällt mir leicht. Insbesondere, da ich leider fast nichts mehr anderes machen kann.

Meine Hände gehorchen mir leider nicht immer. Darum schreiben ist die beste Art um die Zeit totzuschlagen. Einmal schauen ob der Verleger mitmacht, oder einfach den Laden für mich dicht macht.

Vomierender Wirrwarr des Heptagons

Ruhig liegt der Schreiber in meiner zittrigen Hand und wartet geduldig auf den Fluss der innersten Emotionen, die auf erklärbare Art und Weise aus meinem Blick entschwanden. Fern meiner bewussten Wahrnehmung entzünden sie ein Feuer der dunkelsten Finsternis, die ich jemals in meiner so kurzen Erdenzeit erlebt habe. So zerstörerisch und ohne einen Gedanken an die schönen Seiten des Lebens züngelt sich zischend die Dunkelheit über das helle Tal meiner Bewusstlosigkeit. Legt das bunte Treiben in meinem Innern für einen Moment einfach still. Keine Kontur ist zu erkennen am Horizont. Kein fahles Licht erhellt die trügerische Szenerie in meinen melancholischen Erinnerungen. Keine Körperwahrnehmung. Nur ein schwarz triefender Gefühlsbrei in meinen Gedärmen. Mein Magen, eine blubbernde Masse von leeren Bissen, dreht sich um seiner selbst. Gebeutelt von der faulend dahinvegetierenden Essstörung. Am liebsten möchte ich meinen Schmerz in das leere Universum erbrechen, um mir, in diesem atemraubenden Moment des Würgens, meiner Empfindungen bewusst zu werden. Dann wird, tief aus meinem Innern, alles Unbrauchbare und Unangenehme meinem Leib entrissen. Emesis und Vomitus vereinen sich gleichbedeutend in der Unterbrechung der rhythmischen Magenkontraktionen. Das Vomitat, ein regenbogenfarben schimmerndes Etwas aus allen empfundenen Gefühlszuständen, liegt lichtfremd in der Unendlichkeit meines Traums und glitzert wie Sternenstaub im strahlenden Zentrum unserer Galaxie. Im Strudel der kognitiven Störung ist keine Linderung meiner Schmerzen erfolgt. Nur die Leere hat noch mehr Platz erhalten und verdrängt gekonnt die sich in dunklem Licht aufbäumende Hoffnung auf irgendeine real gefühlte Emotion. Wo einst ein wundervolles Gefühlschaos meine zerstörerischen Gedanken in ihre Schranken wies, ist nichts mehr zu erkennen. Kein Bild der Zuversicht im vernebelten Dickicht des Lebens. Keine Trauer, die mit mundend salzigen Tränen die Seele zärtlich heilt. Keine Freude an den erfahrenen Augenblicken, die mein Gefühlsleben zärtlich ins Licht am Ende des Tunnels führt. Kein Glück, das mich auf meinem steinigen Weg leitet und vor dem Übel bewahrt. Kein Zorn, der mein Herz im wutentbrannt genesenden Takt schlagen lässt. Keine Freude ist fühlbar. Die Liebe umhüllt mich wie ein zerfallend stinkendes Leichentuch. Keine Gefühle und keine Emotionen. Sie sind einfach weg. Verschollen in Raum und Zeit. Ich suche, doch ich finde mich nicht. Verloren im Wirrwarr des verführerischen Selbstmitleids. Liebe ich mich nicht genug? Ein beängstigendes Gefühl durchströmt meinen immerwährenden Traum, wenn die Tinte mit diesen Worten das Blatt berührt. Hilflos und voller Zweifel, der Himmel meiner Gedankenwelt. Die Vernunft in meinem verlorenen Seelenmeer säuselt leise und beinahe ungehört vor sich hin. Die Verachtung lästert zu laut, um den lieblichen Stimmen lauschen zu können. Verirrt in meiner Opferrolle, die den Retter zum Täter erkürt.

«Wie kannst du es nur wagen, dich mit solch negativen Worten wie Öl ins Feuer zu stürzen? Was ist schiefgelaufen in deiner Realität? Bist du verrückt?», maßregelt mich mein innerer Kritiker mit glücksaufsaugenden Worten. Verängstigt von meinen eigenen Dämonen zwingt mich der noch verbliebene Wille, den Tintenschreiber weiter über das leere Blatt zu bewegen. In drillhaft erlernten Bewegungen meiner Finger.

Ein verlockendes Bild der Selbstzerstörung trübt den Garten Eden.

«Du könntest dir doch jetzt ganz einfach die Pulsadern mit deinem Arbeitsmesser aufschlitzen», spricht mein verdrängter Ärger, mit gespaltener Zunge, beiläufig in die mich umhüllende Szenerie herein.

«Danach dem Lebenssaft beim pulsartigen Verlassen deines Seelengefäßes in den gesellschaftlichen Abfluss begleitend zur Seite zu stehen.»

Es gibt so viele Arten, um aus dem Leben zu treten. So viele entzückende Gedanken meines Ablebens durchströmen meine empfundene Realität. Was hält mich davor zurück? Mein Umfeld, meine Liebsten, meine Familie, meine Tochter? Ist es, in diesem Augenaufschlag, nur die Angst vor körperlichen Schmerzen und die Trauer, die ich meinen geliebten Hinterbliebenen aufzwinge, wenn dieser feige Schritt eine Option für mich wäre? Nichts kann diese Gefühle und Gedanken für die Gesellschaft erklärbar machen. Sie entstehen im systemfremden vomierenden Wirrwarr des Heptagons. Ohne eine klare Emotion oder ein klares Gefühl. Ich stelle mir tausend vom sicheren Weg wegreißende Fragen. Träume ich nur? Bin ich ein Opfer durch das geschickte Einpflanzen eines Gedankens in mein Unterbewusstsein? In meinem immerwährenden Traum gefangen, dreht sich mein Kreisel unendlich weiter im nie endenden gyroskopischen Effekt. Alptraumhaft verbogen sitze ich auf der Fensterbank. Unter mir die verlockend einladende Schlucht aus medial erschaffenen Ängsten in der manischen Depression.

«Brauchst du nur den Mut für das letzte Abstoßen? Den letzten Sprung in den Abgrund, um erlösend fallend am Boden zerschmettert endlich aufzuwachen?», ruft mein gefallener Krieger dem trügerischen Magier zu. Gefangen in irgendeinem wirren Traum. Sicherlich nicht in meinem. Meine Träume stehen still. Sie liegen brach und sind kaum wahrnehmbar in der aufklaffenden Kluft zwischen Traum und Realität. Sie verschwinden in den unaufhörlich aufbrausenden Wogen der Selbstzerstörung. Ich möchte die desolaten Empfindungen vomierend der Außenwelt vor die Füße kotzen. Mit meinem geschriebenen Wort und der ballenden Faust im Sack. Mit der selbstgerechten Vernichtung der Auferstehung des glimmenden Feuers meines Selbstwertes. Schlafe ich noch oder bin ich schon lange erwacht und warte nur auf das Ende der Kreiselkräfte, um mir des erlebten Augenblickes bewusst zu werden? Vergebens hoffe ich auf die unendliche Bewegung. Der Kreisel fällt und reißt die Hoffnung zurück in die Vergangenheit. Ich träume nicht.

Noch immer sitze ich energisch und angespannt schreibend in meiner geometrischen Form der Urzustände des Bewusstseins. Ein von Paul Eckman identifiziertes regelmäßiges Gefühlspolygon. Kompliziert genug, um nicht mit Zirkel und Lineal erschaffen zu werden. Inmitten dieses Heptagons spiegle ich mich zwischen Freude, Überraschung, Angst, Wut, Ekel, Trauer und Verachtung. Ein Spiegel meiner Seele? Ich bin mir fremd, und je länger ich in mein Spiegelbild blicke, desto mehr verschwimmen die sanften Konturen meines sinnierenden Angesichts im sanften Grau. Wenn sich die Gefühle durch meine Tränendrüsen einen Weg in die wirkliche Welt bahnen, erscheint mir das Gegenüber im Spiegel nicht bekannt. Ich bin einem müden Wandergesellen gleich. Fern meiner Bestimmung und weit entfernt von den glücklichen Gefilden der Herkunft meiner Seele.

«Wie kann es nur sein, dass du dich, mit der Lösung vor deinen Augen, nicht dazu entscheiden kannst, etwas zu ändern? Warum zerfallen deine Motivation, dein Mut und deine Kraft für ein kontrolliert sorgenfreies Leben wie eine Sandburg in der Gischt?», höre ich leise die Traurigkeit in meine von Auswegslosigkeit behafteten Hände flüstern. Keine Worte konnten bis jetzt beschreiben, was ich empfinde, wenn sie mit energetischen Schüben vom Gedanken zum geschriebenen Wort mutieren. Die kühlere Jahreszeit läutet die Schwärzung meiner Gelassenheit ein. Die Spiritualität hat ihren Zauber verloren, wie das Herbstlaub an den von den Stürmen gepeitschten Bäumen seinen Halt verliert. Die kosmischen Energien verpuffen wie Benzindampf in der Mittagssonne. Die Schwarzmalerei färbt den Himmel über mir. Verdeckt die farbigen Visionen im Schattenprinzip. Die Emesis ist vollendet. Ich liege zerbrochen in meinem eigenen

Gefühls-Vomitat. Ein schwarz blubbernder Gefühlsbrei aus leeren Bissen, im hellen Tal der von Dunkelheit überzogenen Bewusst-losigkeit. Die innersten Emotionen fließen nicht mehr. Um-hüllen mich wie ein stinkend verfaulendes Leichentuch in den wutentbrannten Magenkontraktionen der bipolaren Störung. Auf was warten sie nur? Auf Vergebung? Auf Verachtung? Auf den nächsten Vomitus der monotonen Melancholie? Sie warten geduldig auf eine bewusste Wahrnehmung. Bis der Schreiber ruhig und gelassen aus meiner zittrigen Hand fällt.

Gedichte und Geschichte

Am Ende des Weges

Dort hinten – am Ende des Weges –
dort brennt noch Licht.
Doch es ist so schwach, man sieht es fast nicht.
Und auf dem Weg türmen sich Steine
vor tiefen Tränenseen,
erst klettern, dann fallen,
wieder aufstehen und weiter geh'n.
Keine Zeit, um sich selbst zu heilen
oder nur um für sich zu sein –
Immer verfügbar für all die Anderen
und dann, doch wieder allein.
Es schrumpfen die Orte,
an denen ich glücklich und voller Liebe bin –
aus dem gefangenen Weg einfach auszubrechen
kam mir oft in den Sinn.
Jedoch ist es feige und egoistisch und
so gar nicht mein Ding –
und so funktioniere ich weiter,
gefangen ganz tief in mir drin.
Und ich atme tief ein
und ich rapple mich auf.
Ich möchte aufwachen, ich möchte leben.
Und stelle mein helles Licht
am Ende des Weges einfach
daneben.

Die Augen geschlossen

Ich habe die Augen geschlossen und
doch kann ich es deutlich seh'n,
wie jeder von uns daran arbeitet
seinen eigenen Weg zu geh'n.
In mir tobt ein Kampf von Sorgen,
Träumen, Hoffnung und Angst
und einem Wunsch in unerreichbarer Ferne.
Wie lange noch kämpfen, hoffen –
ich würde alles loslassen so gerne.
Und wieder atmen, fühlen und Liebe spüren,
zwischen Blumen liegen und
im Rausch der Düfte verführen.
Möchte zeitlos neue Wege entdecken,
mich beachtet und wertvoll fühlen,
ohne meinen Körper zu verstecken.
Nein, ich muss nicht leben und
aussehen wie Mitte zwanzig
und ohne Fehler und Falten,
ich möchte einfach nur meine Güte,
Liebe und Fantasien erhalten.
Ich habe keine Kraft mehr,
um für alle immer zu funktionieren –
ich brauche jetzt Zeit,
um all die Defekte in mir zu reparieren.
Und ich habe meine Augen geschlossen
und möchte es nicht mehr seh'n,
wie du daran arbeitest,
deinen eigenen Weg zu geh'n.

Das Hex'l vom Forsthaus

Aufgeregt stand ich in der Backküche. Zum wiederholten Male sortierte ich nun schon die Mehlpackungen, kontrollierte die Gewürze und ging den Zeitplan durch. Endlich – nach langem Warten – war es so weit, das jährliche Treffen der aktiven und pensionierten Jäger konnte wieder stattfinden. Es bedurfte einer langfristigen Planung, die Jagd musste erfolgreich sein, die richtigen Stücke Wild ausgewählt und von den Metzgern vorbereitet werden. Auch das ganze „Drumherum" mit Brot, Aufstrichen und Beilagen sollte passend für das große Wiedersehen ausgewählt werden. In diesem Jahr wurde eine rustikale Feierscheune am Rande des Dorfes, auf einer großen Waldlichtung mit Heulager im Blockhaus und Zelten ausgewählt – genügend Platz für vierzig Personen. Michi und Johann waren die Besitzer des Ganzen und seit mehreren Jahren damit beschäftigt, alles so natürlich wie möglich an ihrem Platz zu errichten und zu erweitern. Es gab mehrere Feuerstellen zum Kochen und Grillen, Feuerkörbe zum Wärmen, drei Holzbacköfen und einen massiven Holztisch, an dem vierzig Personen Platz nehmen konnten. Schon vor einigen Jahren war ich mit Michi und Johann beim Kettensägenschnitzen ins Gespräch gekommen. Wir waren fasziniert von diesem Ort und etwas traurig, dass bei jedem Event die Holzbacköfen kalt blieben. Als leidenschaftliche Hobbybäckerin versorge ich seit vielen Jahren Familie und Freunde mit Broten und anderen Backwerken. Schließlich reifte am Lagefeuer die Idee, Wild und Brote gemeinsam zuzubereiten und anzubieten. Die Anfrage der Jäger war deshalb etwas ganz Besonderes. Wir drei hatten einen persönlichen Bezug zur Jagd, ich wuchs in einem Forsthaus auf und verbrachte schon als kleines Mädchen viel Zeit mit den Jägern und Waldarbeitern. Ich saß bei ihnen am Feuer, brutzelte Knacker mit Brotscheiben darüber und war fasziniert von ihren Erzählungen. Sicher war auch manch „Jägerlatein" dabei, aber nach jedem Besuch im Wald kehrte ich glücklich wieder nach Hause zurück. Michi und Johann kamen aus einer Jäger-familie, schon bald durften auch sie mit zur Jagd und konnten sich außerdem viel Wissen über Hege und Pflege, Schonzeiten, aber auch das Umgehen mit Schäden durch Sturm, Frost und Schädlinge aneignen ...

Es war ein wunderschöner Junitag und für das Wochenende war es sogar noch etwas wärmer gemeldet. „Bist du so weit, können wir vor Ort nochmal alles durchsprechen?" Johann steckte seinen Kopf zur Tür herein. Der Zeitplan stand, die Metzger hatten alle Wünsche umgesetzt, auf der Waldlichtung war alles vorbereitet. Ausreichend Holz für die Öfen und für die Feuerstellen war gehackt, das Heulager hergerichtet, Getränke genügend vorhanden ... Michi werkelte noch mit der Ketten-säge, weil er unbedingt noch die „Bärenbank" fertigschnitzen wollte. Die Aufgaben wurden noch einmal abgestimmt, ich ging über die Wiese. Waren alle wilden Kräuter noch da? In den letzten Wochen hatten wir verschiedene Brote probiert und uns auf Schwarzbierbrote, Wildkräuterbrote und Bauern-brote geeinigt. Dazu sollte es Wildgulasch, gegrillte Rehsteaks, Wildschweinrollbraten und Wildknacker geben. Gebackene Kartoffeln aus der Glut, Bärlauchbutter, Fichtenspitzensirup und Löwenzahnhonig sowie Hollerlikör rundeten das Ganze ab. „Hey, du Kräuterhexe, komm schon – das Unkraut läuft schon nicht weg." Michi fand es total lustig, wie begeistert ich von den „Unkräutern" auf seiner Wiese war. „Das sind keine Unkräuter", polterte ich. „Du hast keine Ahnung, wieviel Kraft in ihnen steckt." Zuhause im Keller „arbeiteten" die ver-schiedenen Teigansätze nun schon seit einigen Tagen – alles sah gut aus. Samstag – heute war es so weit. Pünktlich um sechs Uhr packte ich alles in mein Auto und machte mich auf den Weg. Hoffentlich habe ich nichts vergessen ... rumorte es in meinem Kopf. Das Wetter war perfekt, die Teige konnten sich bei optimalen Temperaturen entwickeln. Ich knetete gerade den letzten Teig – dankbar blickte ich über die Wiese. „So viele verschiedene wilde Kräuter, was für ein Duft ..." „Sag mal, träumst du sogar beim Teigkneten?" Ich schrak zusammen – ich war so in Gedanken, dass ich fast bis zu den Ellenbogen im Teig steckte. Michi und Johann bekamen sich vor Lachen gar nicht mehr ein und Michi musste das natürlich auch noch mit dem Foto festhalten ...

Gärkörbchen an Gärkörbchen reihte sich rings um die Holzbacköfen, der Kessel mit dem Gulasch blubberte sacht vor sich hin, in einem der Öfen schmorte bereits der Rollbraten. Die Tafel war vorbereitet und nun trafen auch die Jäger ein. Was für ein Begrüßen, Beklopfen und großes Hallo. Die Jäger hatten ihre Hunde heute zuhause gelassen – der Abend sollte ganz ihnen gehören. Ich begann die Brote auf die beiden Öfen zu verteilen. Einer der pensionierten Jäger war schon ziemlich betagt – sein Jägerhut war etwas zu groß geworden und rutschte ihm immer wieder über die Augen. Er kam auf mich zu, musterte mich und sagte schließlich: „Du bist doch das Hex'l, das Hex'l vom Forsthaus. Stimmt's?" So hatte mich schon ziemlich lange niemand mehr genannt. Die Jäger horchten auf und der alte Jäger fuhr fort. „Als du geboren wurdest, hat deine Großmutter gesagt, es ist egal wie sie heißt, sie ist ein Hex'l. Du warst immer traurig als kleines Mädchen, weil wir Jäger deinen richtigen Namen nie verwendet haben und ihn viele gar nicht kannten. Ich bin übrigens der Rudi und habe von deinem Großvater viel gelernt. Ich habe dich oft mit zurück zum Forsthaus genommen. Das ist mir so eine Freude, dich wieder zu sehen." Michi machte große Augen, der Rudi, der musste ja schon über neunzig Jahre alt sein ... Während Rudi nun in Erinnerungen schwelgte, mussten wir uns um das Essen kümmern. Einige Wortfetzen drangen an meine Ohren und ich hörte die Jäger laut und herzlich lachen. Nun war es so weit, all die Köstlichkeiten wurden aufgetischt. Doch vorher – so ist's der Brauch – begannen die Jäger zu singen:

„Wu die Wälder haamlich rauschen,
wu de Haad so rötlich blieht:
Mit kan Keenig möcht ich tauschen,
weil da drubn mei Heisl stieht.“

Während die jüngere Jägergeneration betröppelt zu Boden blickte, schmetterten die Altjäger absolut textsicher das ganze Lied von Anton Günther „Of de Barg, do is halt lustig“.

...

Und Rudi – der sang mit seinem Humpen Schwarzbier in der Hand am lautesten von allen. Jetzt durfte aber wirklich geschlemmt werden. Ein Zauber lag über der Waldlichtung. Die Jäger futterten und erzählten Geschichten, natürlich durfte auch das ein oder andere „Jägerlatein“ nicht fehlen. Michi, Johann und ich saßen mittendrin – geschafft, aber glücklich – und lauschten den Jägern. Und Rudi – er hatte sich seine Pfeife angezündet und erzählte von diesem kleinen Mädchen, welches mit den Tieren „sprechen“ konnte, allein im Wald umherlief, immer den Ameisenhügeln folgend, und keinerlei Scheu vor Reh oder Wildschwein hatte. Er erzählte, dass sie über den Winter ein Reh aufpäppelte und energisch darauf bestand, dass es im Frühjahr nicht in einen Tierpark, sondern – mit einer Marke im Ohr – wieder ausgewildert wurde. Dieses Mädchen, welches das Gewölle der Waldohreule untersuchte und mit Mauswieseln „verstecken spielte“ und Eidechsen und Ameisen vor dem „Drauftreten“ rettete. Zum Glück war es schon etwas finster, und so sah niemand, wie meine Wangen glühten ... Ach ja, natürlich musste Rudi auch von der dann schon jungen Frau erzählen, die eine komplette Jagd ruinierte, weil sie den Rehbock, der direkt vor ihrer Flinte stand, nicht schießen konnte. „Ich konnte nicht“, flüsterte ich. „Er war wunderschön und hat mich direkt angesehen. Ich musste an meinen kleinen Rehbock denken – ich konnte nicht.“ Michi nahm mich ganz fest in den Arm und Johann gab mir einen dicken Kuss auf die Stirn. So viele Geschichten hatten die Jungs von diesem Hex'l gehört – jedoch wären sie nie darauf gekommen, dass ich dieses Hex'l bin. Neben all den lustigen Geschichten und dem Schwelgen in Erinnerungen mischten sich auch nachdenkliche Gespräche mit hinein. Die Sorge um den Wald, die veränderten klimatischen Bedingungen, die viel zu trockenen Sommer und schneearmen Winter bereiteten allen Sorgen. Würden die Wälder den Stürmen standhalten, wie dem Borkenkäfer zu Leibe rücken. Muss man beim Aufforsten nach Alternativen schauen und was bedeutet dies dann für die heimische Tierwelt.

Die Visionen der jungen Jäger trafen auf die Erfahrungen der alten Jäger – ruhig und sachlich wurden verschiedenste Möglichkeiten diskutiert ...

Inzwischen stand der Mond am Himmel, ab und zu huschte ein kleines Wölkchen an ihm vorbei – was für ein wunderschöner und friedlicher Abend. In der Ferne hörte man ein Käuzchen rufen, der Wind raschelte leise in den Baumwipfeln, die Feuer knisterten ... Plötzlich durchdrang ein Heulen die Stille – noch entfernt, aber es schreckte alle Jäger hoch. Hatten sie sich verhört, war es wirklich das, was sie befürchteten? Und da, da war es wieder – entfernt und nun auch ganz nah – drüben am Waldrand, am Ende der Lichtung. Nein, nein, das kann nicht sein. Nun war es still. Die Jäger sind nicht unbedingt Freunde des Wolfes. Zu viel Schaden richten die Wölfe derzeit an und halten die Bauern in Atem. Es sollte Platz für alle Lebewesen sein, aber beim Wolf, da scheiden sich die Meinungen, vor allem in der Jägerschaft wird der neue Gast nicht willkommen geheißen. Jedoch ist er eine streng geschützte Tierart. Da sich der Wolf zu neunzig Prozent von Reh-, Rot- und Schwarzwild ernährt, ist er eben nicht als „Freund der Jäger" zu sehen. Auch haben wir Menschen verlernt, mit Wölfen zusammenzuleben, und fühlen uns durch ihre Anwesenheit eher bedroht und verunsichert. Keiner der anwesenden Jäger hatte bisher Kontakt zu Wölfen, nur einige Spuren hatte der eine oder andere entdeckt. Was hatte dies alles zu bedeuten? Noch immer schienen alle wie erstarrt, als sich aus Richtung des Waldes etwas durch das Gras auf sie zubewegte. Mich durchströmte ein eigenartiges Gefühl – ich war aufgestanden und in Richtung der letzten Feuerstelle gleich neben der Bärenbank gelaufen. Michi schien besorgt: „Komm zurück, bist du lebensmüde, bitte komm schnell zurück." Rudi klopfte ihm auf die Schulter und sagte: „Setz dich, setzt euch alle und verhaltet euch ruhig, sie weiß schon, was sie tut, vertraut ihr einfach." Im Schein der Feuerstelle war nun deutlich ein Wolf zu sehen, majestätisch, mächtig – einen Welpen im Maul. Eine Wölfin, eine Wölfin mit einem ca. zwei Monate alten Welpen. Gefährlicher könnte diese Begegnung Mensch und Wolf wohl nicht sein. Die Wölfin legte den Welpen vorsichtig neben der Feuerstelle ab und entfernte sich ruhig, legte sich ins Gras und beobachtete mit wachem Blick, wie ich mich ihrem Welpen näherte ...

Jetzt konnte ich sehen, dass sich der Welpe an der Hinterpfote verletzt hatte – irgendetwas hatte seine Pfote aufgeschnitten und die Wunde sah nicht gut aus. „Was soll ich nur tun?" In mir krabbelte nun doch die Angst nach oben. Ich holte tief Luft und mein Blick fiel auf die Bärenbank. Auf ihr stand noch der Korb mit den restlichen Wildkräutern, die vom Brotbacken übrig waren. Wie ein Karussell drehten sich die Kräuter durch meinen Kopf. Lavendel, Schafgarbe, Johanniskraut, Fichtenspitzen, Kamille, Immortelle, Oregano, Thymian, Bergbohnenkraut ... Hilft das, was Menschenkindern hilft, auch verletzten Welpen? Der kleine Welpe lag zitternd auf der Seite, sichtlich geschwächt durch seine Verletzung. Angespannt suchte ich im Kräuterkorb und fand darin noch Lavendel, Schafgarbe, Thymian, Kamille und Bergbohnenkraut. Ich nahm die Kräuter und legte sie auf den großen Stein neben der Bank. Mit einem kleineren Stein begann ich nun die Kräuter zu zerreiben. Doch wie sollten die auf der Pfote halten und wie überhaupt draufkommen? War nicht auch noch ein Gläschen Fichtenspitzensirup bei den Kräutern?

Tatsächlich, da war es. Nun vermischte ich die Kräuter mit dem Sirup. Die Wölfin hatte sich aufgerichtet und zeigte mit dumpfem Knurren, dass sie alles genau im Blick hatte. Ganz leise wimmerte der Welpe und hob seinen Kopf. Mehr konnte ich nicht tun. Langsam ging ich zurück und setzte mich ins Gras. Die Wölfin war bereits bei ihrem Welpen, schnupperte an seiner Pfote und leckte dem Kleinen liebevoll über Augen und Schnauze. Sie leckte vorsichtig an der Kräuter-Sirup-Mischung und leckte anschließend dem Welpen über die kranke Pfote. Einmal, zweimal ... Der Welpe lag ruhig und hatte durch die Nähe und Fürsorge seiner Mutter aufgehört zu zittern. Nun packte sie ihn im Nacken und lief über die Lichtung in Richtung Wald. Michi und Johann kamen angerannt und drückten mich ganz fest an sich. Ich fühlte mich kaputt, alle Anspannung fiel von mir ab und dicke Tränen kullerten über mein Gesicht. Die Jäger nahmen mich einer nach dem anderen in die Arme und legten eine kuschelige Decke um meine Schultern. Jeder musste für sich das soeben Erlebte verarbeiten ...

Der Mond warf sein warmes Licht auf die Lichtung, alle tranken noch einen Hollerlikör und zogen sich langsam zum Schlafen zurück. Rudi drückte mich ganz fest und sagte leise: „Verliere niemals dein Vertrauen und vertraue auf deine Gabe, den Tieren zu helfen, denn das, das kann nur ein Hex'l. Jetzt versuche zu schlafen. Jungs, ihr passt gut auf sie auf. Okay?!" Ich kuschelte mich zwischen Michi und Johann – es war eine warme Juninacht, das Feuer spendete noch Wärme und so schlief ich geborgen ein. Am nächsten Morgen kitzelte die Sonne in meinem Gesicht, Sonnenstrahlen tanzten über die Wiese, alles war friedlich und wunderschön. Nach einem ausgiebigen Frühstück machten sich die Jäger wieder auf den Weg nach Hause. Sie alle hatten etwas Unglaubliches erlebt. Sie verabredeten sich, um gemeinsam Möglichkeiten zu finden, die Wölfe von den Nutztieren fernzuhalten. Die ersten Ideen hatte es ja bereits gegeben. Michi werkelte an seiner Bärenbank und schnitzte gerade den Namen „Hex'l" in die Lehne. Ich schaute ihn verdutzt an. „Na, wenn du schon hier rumhext, dann musst du auch deine eigene Bank haben. Wenn ich gewusst hätte, dass du nicht mal vor 'nem Wolf Angst hast, dann hätte ich natürlich statt des Bären einen Wolf geschnitzt." Johann kaute die ganze Zeit auf einem Grashalm herum. „Du, sag mal, warum schreibst du denn deine ganzen Erlebnisse und dein Kräuterwissen nicht auf? Wir könnten dann hier am Feuer sitzen und deinen Geschichten lauschen. Das wäre doch auch was für Kinder, um ihnen die wundervolle Natur wieder näherzubringen." Ich lächelte die beiden an und flüsterte leise: „Was für eine wundervolle Idee."

Im Spiegel der Natur

Der Adler und der Kondor

Wenn die alte Kraft wieder erwacht,
wird die Zeitenwende miterschafft,
die Kraft deiner Essenz erweckt,
auch die Energie der Erde geweckt.

Wenn der Adler zum Kondor fliegt,
am Äquator seine Kreise zieht,
Kondor und Adler sich begegnen,
sich aufeinander zu bewegen,

wird die Kundalini erwachen,
eine neue Erd-Energie entfachen,
um die Welt wieder zu vereinen,
und die Menschenrassen einen –
Rot, Schwarz, Gelb und Weiß –
wie die Sonne durch den Tag reist.

Irdisch

Ich bin irdisch,
ich bin magisch,
ich bin das Universum,
ich bin der Kosmos
und der Kosmos ist in mir
und er ist auch in dir.

Du und ich sind eins,
ich und du vereint
in der Stille der Ewigkeit,
der universellen Unendlichkeit
ist unser Leben nur eine Sekunde,
wenn auch eine laute Runde.

Kehre ein, in die Stille deines Seins
und begegne der Ruhe des All-eins,
der Stille des Kosmos,
der Magie des Universums
und tauche ein in die Ur-Energie
und in die lebendige Magie,
die sich durch dich ausdrücken will,
die aus dir herausströmen will.

Genieße diese innere Kraft,
die dich jeden Tag neu erschafft,
die dich glücklich macht
und dir strahlend zulacht.

Ja, das bist auch du,
da draußen jedes Du!
Lass dich ein auf diese innere Kraft,
die dein Leben täglich neu erschafft.

Als dein Körper bist du mehr,
als deine Gedanken bist du mehr,
als deine Emotionen du bist mehr:
denn du kamst als ewige Seele her

In eine neue irdische Inkarnation,
eine neue menschliche Initiation.
Lass dich ein, auf dein jetziges Sein
und erlaube diesem Sein,
magisch zu sein,
wunderbar zu sein
und voller Überraschungen,
wundervoller Einweihungen.

Erkenne die Kraft, die in dir ist!
Erkenne, wer du wirklich bist!
Erlaube dir, dich zu sein,
dich in deinem wahren Daheim!

Erlaube deiner Seele, dich zu führen,
dir zu öffnen ganz neue Türen.
Durchschreite sie, wenn sie sich auftun.
Erkenne, was für dich ist zu tun,
denn wir alle, ein jeder von uns
hat eine Aufgabe übernommen und
wie im Puzzle passt alles zusammen,
wenn wir alle zusammenspannen
und erkennen, dass wir hier sind
als geliebtes göttliches Kind,
um uns liebend einzubringen,
ein neues Lied anzustimmen,
die Erde zu ehren und heilen,
der Grund für unser hier verweilen.

Lasst uns jetzt, Neues ins Leben bringen
unseren Dienst am Ganzen erbringen,
die Erde und die Menschheit zu heilen.
Sollten wir uns nicht langsam beeilen?

Also mach das Beste aus deiner Zeit hier
und bring deine Spezialität ein ins Wir!

Muscheln in meiner Hand

Diese Muscheln in meiner Hand,
gefunden hier am kleinen Strand,
sind noch ganz warm vom Sonnenlicht
und erzählen ihre Geschicht'.

Entleert von altem Leben
künden sie vom Schicksalweben,
und erinnern sich an dein Sein,
erinnern dich an dein Daheim,

An Weiblichkeit und Feinheit
Ehrlichkeit und Einfachheit.
Bist du Hülle oder Kern?
Hast du dich selbst immer gern?

Oder liebst du nur die andern?
Lass nun die Gedanken wandern:
Was zeigt dir deine Geschichte?
Siehst du dich in deinem Lichte?

Verzeih, vergib und lass los!
Wachse aus dem Trauma raus.
Löse dich aus dem alten Kram
und komm in deiner Größe an.

Erkenne deine wahre Kraft,
die dich ständig neu erschafft.
Lebe dein Leben voller Freude
und lass gehen die alte Reue.

Verzichte aufs Vergleichen,
lass dich von Innen bereichern.
Erkenne, wer du wirklich bist –
ewige Seele mit Menschengesicht.

Der gelbe Schmetterling

Ich bin
der gelbe Schmetterling.

Mein goldgelbes Licht
neue Kraft verspricht
zur Stärkung deiner Essenz
hinein in deine Präsenz

gegen die Ohnmacht,
für deine Willenskraft,
für deine Lebensfreude
in deinem Leben heute.

Tanze mit mir!
Freue dich hier!
Erkennst du mich
Im Sonnenlicht?

Leicht und fröhlich
flattere ich
in der Lichtenergie
der Fülle und Magie

im goldenen
und tanzenden
Licht der Sonne –
welche Wonne!

Lass dich verzaubern
und dich verwandeln,
in wer du wirklich
bist im Seelenlicht.

Ich tanze um dich herum
und verkünde dir nun:
Stärke dich und dein Licht
im gelbgoldenen Licht,

im Goldgelb der Fülle,
der Farbe meiner Flügel
verwandle dich,
transformiere dich

in die Leichtigkeit
und deine Freiheit
im Sein
hinein,
in das goldene Lichtwesen,
das du schon immer gewesen.

Das Regenbogenlied

Das Regenbogenlied
sucht sich friedvoll den Sieg
in die Herzen der Menschen hinein
von einem neuen liebevollen Sein.

Von einem neuen Miteinander,
wo jeder respektiert den Andern,
wir gemeinsam in die Zukunft wandern
uns friedlich als Gemeinschaft verwandeln.

Eine irdische Friedensgemeinschaft,
die lieber Harmonie als Krieg erschafft,
die das Paradies auf Erden erlebt,
respektvoll mit Planet Erde umgeht.

Das ist, was wir gemeinsam anstreben.
Dieses Leben wollen wir erleben,
dieser Vision uns ganz hingeben
und sie in die Realität weben.

Für dieses Ziel sind wir hergekommen,
haben wir all das auf uns genommen,
die Seelen aspiriert jetzt hier zu sein –
in dem Bewusstsein, wir sind nicht allein.

Gemeinsam wollen wir erstrahlen,
die Erde in einem neuen Licht baden
und neue Frequenzen implementieren,
Mutter Erde beim Aufstieg assistieren.

Sie braucht uns dafür eigentlich nicht,
hat aber gewählt, dass sie uns nicht
zerstören, sondern mitnehmen will.
Also lass scheinen dein Licht – das hilft.

Lass leuchten, dein Licht!
Erstrahle, erleuchte dich!
Erkenne, wer du wirklich bist,
unsterbliches Kind des Lichts!

Die Rigi

Beleuchtet,
erleuchtet
im Licht – welche Wonne –
der untergehenden Sonne.
Der Berg vis-à-vis –
es ist die Rigi,
der Berg der Göttin,

der weiblichen Energie,
die natürliche Pyramide
unserer vertrauten Erde,
erhaben und enthoben
und doch unser Boden,
voller Schönheit und Kraft,
wie das nur die Natur (er)schafft.

Der Ruf des Schwarzsees

Wenn dich der Schwarzsee ruft,
ist es die Göttin, die dich sucht.
Sie will sich mit dir verbinden,
neue Pläne mit dir schmieden.

Schwarz, Wasser und See,
weiß wie Eis und Schnee –
das Rot in deinem Blut,
das ist der Göttin Glut.

Verbunden mit ihr in mir
bewusst in dieser Energie
gemeinsam in dieser Kraft,
sich die neue Welt erschafft.

In der Verbundenheit,
in der Menschlichkeit,
darf alles ganz werden
in der Trinitas auf Erden.

In der Dreifaltigkeit der Göttin
von Mutter, Vater und Kind,
Körper, Geist und Seele,
ihre Kraft erwähle.

Die Dreifaltigkeit ist überall präsent.
Erkenne ihre Kraft als Geschenk.
Sie will im Großen wie im Kleinen
alle Menschen wieder vereinen

zu einer Gesamtheit
in der Einheit
der Menschheit,
in Freiheit
und Klarheit,
in der Wahrheit
und Einigkeit,
in Bescheidenheit
und Verbundenheit,
in der Trinitas des Seins
Ganz sein im All-eins.

Der Tanz der Schneeflocken

Lass die Flocken tanzen!
Sie bringen dem Ganzen
die Chance, neu zu werden,
gereinigt zu werden,
rein zu werden,

dich zu werden
hier auf Erden.
Lass den Tanz der Flocken
dich dazu verlocken,
Leichtigkeit zu leben,
wie Flocken zu schweben
in dieser Weisheit
und Reinheit
in der Ewigkeit
deiner Seligkeit.

Es schneit

Es schneit Reinheit,
Weißheit und Weisheit
in die Landschaft hinein.
Alles wird ruhig und rein
und ist bald zugedeckt
von einer weißen Deck.
Ruhe tritt ein
und man kehrt ein
ins innere Sein,
ins warme Daheim,
zufrieden,
im Frieden,
an der Wärme sein zu dürfen
statt draußen frieren zu müssen.

Die Fackel

Sei die Fackel, sei das Licht,
das in dir von Liebe spricht,
unvergänglich
und unsterblich!
Schicht für Schicht
ein neues Ich
entsteht
in dir –
aus dir
besteht.
In diesem Licht
Heilung spricht:
Ich liebe dich! Wir lieben dich!
Wir, deine Geschwister im Licht!
Erkenne, wer du wirklich bist,
dass deine Essenz unsterblich ist,
nicht zum ersten Mal hier ist –
sei das Licht, das du bist!

Innere Kraft

Ich bin in diesem Sein
im kraftvollen Lichtschein
mittendrin
in meinem ich bin,
die ich bin
und begegne der Göttin.

Sie ist präsent.
Was für ein Geschenk!
Ich spüre sie in mir,
wir sind gemeinsam hier.
Ihre Kraft uns unterstützt,
dem Ganzen hilft und nützt.
Unbändig ist ihre Kraft
voll kreativer Schöpfermacht.
Die Göttin, Schöpferin in mir,
findest du sie auch in dir?
Begegne ihr,
erlaube ihr,
dich neu zu machen,
mit ihr zu kreieren und zu lachen.

Lass sie dir ein Vorbild sein,
deine Führerin kraftvoll und rein,
im Innern
dich erinnern,
wer du wirklich bist,
die Göttlichkeit, die in dir ist.
Erkenne dich
in deinem Licht,
das dem Ursprung entspringt
und dein Seelenlied singt!
Du bist göttlich.
Ewiglich
brennt dein Licht!
Deine Seele niemals untergeht,
den Tod des Körpers sie überlebt,
denn du bist Licht von Licht
in deiner innersten Schicht!

In der jetzigen Zeit

In dieser jetzigen Zeit,
in der ihr gerade drin seid,
liegt eine große Kraft,
die ihr am besten schafft,

wenn ihr euch entspannt
und weniger plant,
mehr in euch ruht
statt ständig tut

und erkennt,
dass Gott lenkt –
nicht dein Geist,
wie du weißt!

Kommt an in euerm Innern,
beginnt euch zu erinnern,
wer ihr in Wirklichkeit seid:
eine Seele im Menschenkleid.

Eine unsterbliche ewige Einheit
in einer einmaligen Gelegenheit,
einen Dimensionswechsel zu erleben,
ohne dafür dein Leben aufzugeben.

In dieser Transformation
erwarten wir dich schon.
Wir wissen, wohin du gehst,
selbst wenn du es nicht siehst.

Lass dich getrost auf den Prozess ein,
denn er macht dich neu und rein.
Wie die Raupe zum Schmetterling mutiert,
wirst auch du in diesem Prozess neu kreiert.

Habe den Mut, dich einzulassen,
deine Erwartungen loszulassen,
um dich vollständig zu erneuern –
in den Transformationsfeuern.

Öffne dich den neuen Dimensionen
und feinstofflichen Informationen.
Orientiere dich an deinem Innern,
dann kannst auch du dich erinnern,

warum du jetzt hier sein wolltest
und was du tun und leben solltest.
Bist du nunmehr bereit
in dieser Wendezeit

deine Strahlkraft zu erleben,
alles Alte zu vergeben,
deine Herzenskraft zu leben
und das Friedensnetz zu weben?

Kind des Friedens

Wer ich bin,
ist mein Ding
und dieses Kind
tief in mir drin
will singen,
will klingen
im weltweiten Lied
vom Sieg über den Krieg.

Will ein neues Lied singen,
um den Frieden zu bringen,
aufhören miteinander zu ringen,
will das Dunkle mit Licht bezwingen.

Dies neue Lied vom Frieden
ist uns allen beschieden,
wenn wir uns entschieden,
uns nicht mehr zu bekriegen!

So wollen wir uns einstimmen,
um das Friedenslied zu singen.
Das ist, wofür wir hergekommen sind,
denn ich bin ein göttliches Lichtkind,
genauso wie du, wie er, wie sie auch.
Alles andere ist nur Schall und Rauch.

Quintessenz

Es ist diese Welt
in der Welt
hinter der Welt,
die dich erhält,
die deine Seele gewählt.
Das ist ihre Realität
und ihre Qualität
deiner Einzigartigkeit,
deiner Klarheit,
deiner Wahrheit
in deiner Essenz
und in der Präsenz
deiner Quintessenz.

Der Engel spricht

«Mein Wort verkünde!
Dein Licht erkenne!
Lass dein Licht scheinen,
da wo die Menschen weinen.

Hole sie heraus aus ihrer Depression
verkünde ihnen die neue Dimension!
Lass sie nicht allein am Wegrand stehen,
ermutige sie, mit dir weiterzugehen.

Ich bin bei dir
und verkünde dir:
Führe sie in ihr inneres Licht
und vergiss dabei nicht,

dass ihr Licht
ist dein Licht.
Jedes entfachte Licht
erlöst eine Schicht,

erhöht die Lichtfrequenz,
verbindet die göttliche Essenz
in jedem Mann, in jeder Frau
und baut die neue Erde auf,

führt euch hinein
in ein neues Sein,
eine neue Qualität
der irdischen Realität!»

Das Friedenslicht

Lass das Friedenslicht in dir erwachen,
den Frieden seine Aufgabe machen.
Erlaub ihm, in dir zu sein,
lade ihn in dein Herzen ein.

Verinnerliche den Frieden,
verankere ihn entschieden
in dir.
Von hier
lass ihn hinausfließen,
die Energie sich ergießen
in das Lichtkristallnetz der Erde,
so dass es zum Netz der Liebe werde,
um Ruhe einkehren zu lassen
in den Herzen der Massen.

Im Frieden sein –
zufrieden sein,
im Innen und Außen –
hilft dem Frieden draußen.

Vergib' und verzeih'
es ist einerlei –
entlass alten Schmerz
so heilt auch dein Herz!

Lass dich in dein Inneres führen
und frei werden von Staralüren.

Erkenne, wie kraftvoll du bist,
wenn du all das hinter dir lässt,
was man von dir erwartet.
Nein, es ist nicht entartet,
der eigenen Seele zu folgen,
das eigene Leben so zu entrollen,
wie es ursprünglich war gedacht –
für dieses Leben abgemacht!

Der Manipulator

Verletzung,
Verletzer,
Täter?
Opfer?
Wer, wann, wie?
Sicher? Nie?

Was war denn da,
als man dir gesagt,
alles sei wunderbar
so, wie es war.

War es das?
Ist irgendwas?
Oder ist es wahr,
dass es nicht so war?

All das Betrügen!
All diese Lügen!
Trotz stetem Repetieren –
sie nicht zur Wahrheit mutieren.

Der Lüge Narrativ,
wer's glaubt, ist so naiv!
Und wer nicht betroffen,
wem nicht in den Rücken geschossen,
der kennt die Macht nicht
der verdrehten Geschicht',
die Wahrheit niemand hören will,
weil sonst das gesamte Gebild',

in sich zusammenkrachen würde
und die Wahrheit die Lüge
entlarven,
entwaffnen
würde!
Welche Bürde
der Ohnmacht,
wer stets ausgelacht,
dem Täter ausgeliefert,
ans Messer geliefert –
ausgenützt
statt beschützt,
manipuliert,
kraftlos verwirrt
von der Verdrehung der Tatsachen –
des Narzissten Machenschaften.

Grenzen setzen ist die Losung,
Abstand halten und Loslösung,
die alte Verstrickung verlassen –
ihn aus seiner Macht entlassen.

Erkenn deine Freiheit im Sein!
Lass den Manipulator allein!
Am Wegrand lass ihn stehen!
Du darfst nun weitergehen.

Dein Lebensweg dich nunmehr führt
zu einem Ziel, das dir gebührt.
Um deine Liebe zu verschenken
und deine Herzenskraft zu lenken

zu all denen, die deiner bedürfen
und deine Energie dankbar schlürfen,
die Energie der Liebe und des Lichts,
davon versteht der Manipulator nichts,

Denn seine Welt ist dunkel und leer.
Sein Licht erkennt er selbst nicht mehr!
Also verlass seine Schattenwelt
und sei der Lichtwelt ein wahrer Held.

Tiefe Trauer

Hinter der Mauer
der tiefen Trauer
versteckt,
erschreckt
von der Gewalt,
die macht nicht Halt
vor dem Kind.
Vertrauen dahin!
Schockiert,
traumatisiert,
geschlagen zu werden
hier auf Erden,
ob der Hiebe
statt der Liebe.

Atme!

Atme ein und atme aus!
In deinem Atem sei zuhaus'.
Dein Atem bringt dich heim
in dein Körper-Bewusstsein!

Mit jedem Atemzug kehr ein
in dein wahres Sein hinein.
Mit jedem Atemzug lass ziehen,
was dir nicht mehr wird dienen.

In des Atems stetem Fließen
ist alles, was du musst wissen.

Nimm an
und empfang,
lass ziehen
und gehen.

Empfangen und annehmen,
gehen lassen und vergehen
sind des Lebens Gesetzmäßigkeiten,
davon lass dich immer wieder leiten.

Beim Atmen lass kommen und gehen,
um dir selbst nicht im Weg zu stehen.
Lass ziehen, was alt und verbraucht,
nimm an, was neues Leben einhaucht!

Des Lebens Geben und Nehmen,
Empfangen und Weitergeben,
erlaube diesem Rhythmus, zu wirken,
die nötige Transformation zu bewirken.

Das ist die Essenz deines Lebens.
Erkenne den Wert deines Atmens.
Dein Atem ist dein Lebenssaft,
bringt dich in deine volle Kraft.

Wie das Einatmen
und das Ausatmen
zueinander gehören,
sollst auch du nicht aufhören

einzuatmen –
anzunehmen,
auszuatmen –
abzugeben.

Atemzug

Atme ein, um zu sein!
Atme aus, lass es raus!
Belebend,
bewegend,
ein und aus, aus und ein –
ohne Atem, kein Sein!

Atemzug
für Atemzug
belebt er dich
einfach und schlicht,
göttlich
im Licht!
Ein und aus, aus und ein,
erquickend für dein Sein.
Atme, um zu sein.
Dein Atem ist dein,
ganz und gar,
unteilbar,
heilend,
belebend,
Leben gebend!

Spontan

Ich bin
im Ich-bin.
Ich bin Mensch.
Ich bin Frau,
ja, genau!
Oder Mann,
ganz spontan?

Es spielt keine Rolle.
Es ist der Plan deiner Seele,
deine Essenz zu leben,
deine Energie zu spenden,
die Frequenz zu erhöhen,
dich mit Liebe zu umgeben!

Schätze dich!
Liebe dich!
Anerkenne, wer du bist,
so perfekt, wie du bist!
Lebe diese Energie, die du bist,
die einzigartig, nur die deine ist!

Lass dich nicht unterkriegen
von den Kritikern, den Vielen!
Es bringt nichts, nichts zu tun,
sondern nur, in sich zu ruh'n,
um zu tun, was nur durch dich,
deine Seele und dein Licht
geschaffen werden kann!
Spreng den braven Rahmen!
Du bist viel mehr, als du denkst!
Wenn du dich nicht mehr einschränkst!
Die Explosion
der Implosion
kommt zum Ausdruck,
wenn der Druck

der Konvention
in der Expression
zu Staub verkommt –
die Essenz ans Licht kommt.
Spontan –
getan!

Mit Leidenschaft zur Meisterschaft

Lebe deine Leidenschaft!
Sie bringt dich zur Meisterschaft,
um zu sein, was in dir schlummert.
Sei der, die sich um dich kümmert.

Komm an in dir, in deinem Herz.
Löse dich aus jeglichem Schmerz.
Erwache in deine innere Welt.
Wähle, was dich gesund erhält.

Lass strahlen dein Licht
und verzage nicht!
Spür in dir die Kraft,
die den Frieden erschafft –

vorerst nur in dir,
dann im großen Wir.
Wir alle freuen uns darauf,
wenn man im Weltenlauf

statt ausgrenzt – zulässt,
statt hasst – leben lässt,
mitfühlt statt verhöhnt,
respektvoll sich gewöhnt.

Träume dich in deine Kraft

Träume dich in die Kraft
hinein,
in deine Schaffenskraft
hinein,
in deine Schöpferkraft
hinein,
in deine Lebenskraft
hinein.

Dein Traumleben

Mit deinem Geist denke
und deinem Herzen lenke
deine innere Schöpferkraft,
so sie dein Traumleben erschafft.

Geschichten

1 Die Rose

Dort drüben im Garten stand eine wunderschöne rote Rose. Jeder ging vorbei und beachtete sie kaum. Doch dann kam der Muttertag. Ein kleines Mädchen ging in den Garten, schnitt die schöne rote Rose ab und schenkte sie seiner lieben Mutti, mit den Worten: Danke, für all deine Mühe und Plage, Mama, ich liebe dich!

Ja, jetzt war die Rose gut genug, um als Liebesbeweis zu dienen. Obwohl sie niemand vorher beachtet hatte, wurde sie zum selbstverständlichsten Geschenk, unter den Tränen der Mutter.

2 Der Garten

Jeden Tag gehe ich in den Garten. Der Garten gehört zu meiner Wohnung. Nach dem Frühstück, bevor ich zur Arbeit fahre, mache ich einen Rundgang durch den Garten. Ich spüre, wie eine tiefe Ruhe in mir einkehrt, und ich genieße die Blumen, den grünen Rasen und die Thujen auf der einen Seite und den Flieder auf der anderen Seite, die den kleinen Garten begrenzen. Dieser kleine Garten ist nur 150 Quadratmeter groß, aber die Schönheit dieses Gartens ist unvergleichlich.

Meine Nachbarin Susanne hat von ihrer Wohnung aus direkt einen Blick auf meinen Garten. Sie steht oft in ihrer Küche und schaut mir beim Fenster zu, wie ich meinen Rundgang durch den Garten mache.

Sie blickt trotzig und eifersüchtig auf mich, um mir zu signalisieren, dass dieser Garten ihr gehört. Manchmal, wenn wir uns am Gang des Mietshauses treffen, wo wir wohnen, erzählt sie mir mit leuchtenden Augen von dem schönen Garten, den Blumen, dem wunderschönen grünen Rasen und dem fantastischen Blick von ihrem Küchenfenster aus. Sie erzählt von den Pelargonien, den remontierenden Rosen, den Sonnenblumen und den verwilderten Thujen.

Ich stehe da und höre einfach zu. Ihr Monolog dauert oft sehr lange, und ich versuche zu verstehen, warum sie dies alles erzählt. Leider habe ich darauf noch keine Antwort gefunden, aber es ist ein außergewöhnlicher Energieplatz.

Ich nehme so viel Kraft aus dieser kleinen Idylle mit, dass ich in meinem Job alles gut erledigen kann und selten eine Müdigkeit spüre.

Wenn ich am späten Nachmittag vom Büro nachhause komme, führt mich mein erster Weg wieder in mein kleines Himmelreich. Ich setze mich auf den alten Holzsessel, lege meine Handtasche auf den kleinen alten Holztisch und starre einfach nur so vor mich hin.

Hinter mir ist die Fliederhecke. Im Frühjahr kann ich den weißen und violetten Flieder genießen. Die Rosen blühen mehrmals im Jahr. Ich bewundere die rosaroten schönen Blüten und spüre eine innerliche Freude.

An der Nordseite des Gartens befindet sich eine schöne weiße Mauer. An ihr wächst ein Efeu in ungeordneten Bahnen runter und schwingt sich über die ganze Mauer entlang. Ich sitze oft nur wenige Minuten auf dem Sessel, aber manchmal auch Stunden und denke an gar nichts. Wenn ich innerlich spüre, jetzt ist es genug, nehme ich meine Jacke und meine Tasche und laufe über die Stiege hinauf in meine Mietwohnung.

Ja, der Garten ist ein Stück vom Himmel!

3 Was bedeutet Zufriedenheit?

Ich hatte so wie jedes Jahr meinen Geburtstagskaffee bei meinem Abteilungsleiter. Wir tranken gemeinsam eine Tasse Kaffee. Er sagte: Sie sehen so zufrieden aus! Ich wusste gar nicht, wie ich darauf reagieren sollte. Schließlich antwortete ich: Ja, ich habe zwei erwachsene Söhne und habe keine Verpflichtungen mehr, und mein Job macht mir großen Spaß.

Wir redeten, über das nächste Jahr, die Ziele und über die bevorstehende Zwanzig-jahresfeier der Abteilung. Als ich zu meinem Arbeitsplatz zurückging, dachte ich: Wie kann ich bloß zufrieden aussehen?

In Wirklichkeit habe ich im Leben nichts erreicht, aber ich habe meine Freiheit. Ich lebe seit mehreren Jahren alleine und komme und gehe, wann ich möchte. Die berufliche Zufriedenheit habe ich nicht gefunden. Ich habe einen einfachen, monotonen Job mit fixen Arbeitszeiten. Dieser Job ist gut bezahlt. In der Jugend träumte ich, Auslandskorrespondentin zu werden. Meine Eltern haben mir diesen Wunsch verwehrt, so habe ich Ausbildungen gemacht, aber ich habe nirgends Erfolg gehabt. Im Alter von zwanzig Jahren habe ich geheiratet und die traditionelle Familienform gelebt. Die Rollenverteilung sah so aus, dass ich mich um die Kindererziehung und den Haushalt kümmerte, und der Mann ging arbeiten. Nachdem die Söhne erwachsen waren, wurde die Ehe geschieden.

Ich arbeite seitdem bei einem Energieanbieter im Büro.

Sehr oft hört man, das Leben besteht aus Herausforderungen und dem Ziel, an den Steinen, die einem in den Weg gelegt werden, zu wachsen.

Ich stelle mir oft die Fragen: War, das jetzt alles? Bin ich so ein zufriedener Mensch? Wann ist man zufrieden?

Ich denke, in meinem Fall ist es die Freiheit, einfach frei zu sein und nicht mehr – so wie früher – funktionieren zu müssen.

Der Kurort Baden

Jeden Samstag fahre ich nach Baden. Ich gehe dort spazieren und trinke immer gemütlich einen Kaffee in der wunderschönen Fußgängerzone in verschiedenen Kaffeehäusern.

Am liebsten stehe ich im Frühjahr beim Tchibo vor dem Geschäftslokal an einem Stehtisch und schaue dem bunten Treiben der Menschen zu, die fröhlich und auch nachdenklich die Fußgängerzone hinuntergehen.

Die beiden Häuserzeilen, welche die Fußgängerzone begrenzen, sind in mehreren Baustilen – Renaissance, Barock und im klassizistischen Stil – erbaut. Die schönen Häuserzeilen haben kleine Fenster und schön gestaltete Fassaden mit unterschiedlichen Verzierungen.

Wenn ich beim Stehtisch stehe und meinen Cappuccino genieße, fühle ich mich ruhig und wohl. Die Geschäfte sind schön gestaltet. Vor dem Büchergeschäft sind die aktuellen Bücher auf einem Tisch ausgestellt. Man kann die Bücher nehmen, darin kurz lesen, nachdenken sowie auch nur stöbern. Das Geschäft gleich nebenan hat schöne Strickwaren. Oft sind außergewöhnliche Mützen und Schals dabei – einfach nur schön zum Anschauen. So reiht sich ein Geschäft an das andere.

Langsam trinke ich meinen Kaffee und blicke ab und zu auf die Uhr der Stephanskirche und genieße den schönen Zwiebelhelm, welcher von der ganzen Stadt aus gut sichtbar ist. Nun ziehe ich weiter. Ich gehe auf den alten Pflastersteinen die Fußgängerzone hinunter und biege links zum Ferdinandbrunnen ab. Mein Weg führt mich zur Pestsäule. Gegenüber befindet sich das prunkvolle Café Central. Viele Kurgäste sitzen dort und genießen den Ausblick auf den Brunnen, umrahmt von schönen kleinen Wassersäulen. Die Dreifaltigkeitssäule wurde errichtet, weil die Bürgerschaft ein Gelübde abgelegt hatte, wenn sie die Pest gut übersteht, diese Säule errichten zu lassen. Die Bauarbeiten wurden von 1714 bis 1718 nach den Plänen des Malers

Altomonte durch den italienischen Bildhauer Giovanni Stanetti ausgeführt. An der Vorderseite wurde 1833 der Ferdinandbrunnen errichtet. Er soll an das fehlgeschlagene Attentat auf Kronprinz Ferdinand, den späteren Kaiser, erinnern.

Neben der Pestsäule befindet sich auch das Rathaus, welches im klassizistischen Stil erbaut wurde. In der Mitte über dem Balkon mit den wunderschönen, geschmückten Blumen kann man drei Reliefs bestaunen. Sie erzählen von Klugheit, Gerechtigkeit und der Stadtgöttin Badenia. Sie stammen vom Bildhauer Franz Abel.

Ich gehe weiter hinunter und mache vor fast jedem Schaufenster halt.

Am liebsten bleibe ich vorm Handtaschengeschäft stehen und schaue die neuesten Modelle an.

Die Handtaschen sind so teuer, dass sie unerschwinglich sind, aber ich träume immerzu, dass ich eines Tages das Geschäft betreten werde und eine schöne, teure Handtasche kaufen werde.

So gehe ich von einem Geschäft zum anderen. Die Modegeschäfte haben ausgefallene Kleider, Hosen und Blusen.

Schließlich bin ich beim Café Lehner angelangt.

Ich biege rechts ab und spaziere gemütlich zum Frauenbad und dem Arnulf-Rainer-Museum. Im Frauenbad sind schöne Ausstellungen.

Das Frauen- und Karolinenbad nutzten vermutlich schon die Römer. Die Frauenquelle entsprang unter dem Hochaltar der 1260 erbauten gotischen Kirche „Zur seligen Jungfrau", daher auch der Name „Frauenbad". Die Bäder entstanden gleich neben der Kirche. Im Jahre 1529 wurde Baden durch die Türkenbelagerung verwüstet. Kaiser Ferdinand schenkte das Frauenbad der Stadt Baden als Entschädigung. Im Jahre 1697 verfügte Kaiser Leopold I, dass dieses Bad dem Adel vorbehalten sein soll. Im Jahre 1812 wurde das alte Frauenbad zur Gänze zerstört.

Im Jahre 1821 wurde das Frauenbad durch den Architekten Karl Ritter von Moreau wiederaufgebaut. Erst im Jahre 1993/94 wurde das Badegebäude umfassend renoviert und dient jetzt als Raum für Ausstellungen.

Weiter geht es in die sehenswerte Frauengasse, eine kleine, romantische Gasse, welche am Gymnasium vorbeiführt. Die Häuser sind mit schönen Laternen geschmückt. Diese Gasse führt mich zurück zum Ferdinandbrunnen. Ich spaziere die ganze Fußgängerzone zurück bis zum Stadttheater Baden, welches klassizistische Formensprache aufweist.

Der Neubau wurde in den Jahren 1908/1909 von den Theaterbauprofis der österreichisch-ungarischen Donaumonarchie errichtet.

Vor dem Theater liegt ein schöner, großer Platz. Hier gibt es Bänke zum Sitzen und einen kleinen Brunnen, wo man auch frisches Wasser trinken kann. Viele Leute sitzen dort und genießen die schöne Aussicht auf den prunkvollen Platz. Vor den Lokalen stehen viele kleine Tische mit alten restaurierten Sesseln, wo man gemütlich Hausmannskost essen kann. Vor den Stufen des Theaters befinden sich kleine Betonhocker, auf denen man sitzen kann, mit einem Kaffee in der Hand, und den vorbeigehenden Kurgästen und Menschen einfach nur zusieht.

Schließlich führt mich mein Rundgang, vorbei an sündhaft teuren Modegeschäften, in den wunderschönen Kurpark.

Eine Allee von schönen Eichenbäumen führt auf die Anhöhe der Babenberger Stadt. Ein Brunnen nach dem anderen ziert diesen schönen Park. Besonders schön ist der Undine-Brunnen. Der Bildhauer Josef Valentin Kassin nahm das Märchen der Undine zum Motiv für seine Brunnenanlage. Es handelt von der Wassernymphe Undine, die sich unsterblich in einen Irdischen verliebt und nach einer Liebesbeziehung von ihm verschmäht wird. Sie rächt sich mit einem tödlichen Kuss.

Im Kurpark sind die Blumen im Sommer so schön angelegt, auch rund um die Brunnen herum. Sie strahlen in voller Pracht, die Pelargonien in roten, weißen und rosa Farben.

Mein Weg führt mich direkt zum Casino Baden. Es wurde 1886 als Kurhaus erbaut. Nach mehreren Umbauarbeiten wurde das Haus am 11. Dezember 1937 als casinogerechte Spielbank eröffnet. Vor dem Brunnen steht eine Tafel, auf der man nachlesen kann, dass das Casino Congress Center nach weiteren Baumaßnahmen im März 1995 unter Generaldirektor Leo Wallner eröffnet wurde.

Vor dem Casino sind die berühmten Wasserspiele zu finden. Viele Wassersäulen tanzen auf und ab wie kleine Schneemännchen. Sie springen hoch hinauf und ziehen sich wieder ganz klein zusammmen. In der Nacht sind sie so schön beleuchtet und zeigen das Wasserspiel in verschiedenen Farben – einfach nur wunderschön.

Oft sitze ich auf einer Parkbank unter einer schattigen Tanne und blicke dem Treiben zu.

Wenn ich noch Muße habe, gehe ich die Anhöhe hinauf und blicke über Baden und gehe den Kneipp-Weg. Danach gehe ich wieder stadteinwärts. Die Kieselsteine knarren unter meinen Schuhen, aber es tut keinen Abbruch, da das Genießen schöner ist als diese oft leicht störenden Kieselsteine.

In diesem Park finden im Sommer im schön restaurierten Musikpavillon, welcher aus Holz und einem sensationellen Holzfundament erbaut ist, beeindruckende Konzerte statt. Der Pavillon wurde 1894 unter Josef Schubauer errichtet und stellt ein architektonisches Juwel dar. Es traten berühmte Komponisten und Musiker auf. Jedes Jahr werden unterschiedliche Stücke präsentiert – von Brahms, Mozart, Beethoven und Haydn und noch vieles mehr.

Auch die beiden Cafés im Kurpark sind stets gut besucht.

Man bekommt auch sehr gutes Eis. Ein Ort, wo man sich gut erholen kann.

Ich fühle mich nach jedem Besuch gut und entspannt. Ich gehe zu meinem Auto und fahre nun, über die romantischen Weinberge, über Gumpoldskirchen nach Mödling, wo ich zuhause bin.

Geschichten

Happy Hippo und der Zauber des Lebens

Happy Hippo streifte abends gerne mit seiner Mama durch das Steppengras.

(So nennt man das Gras, das in Afrika auf riesigen Wiesen wächst.)

„Planschen ist gut. – Herumstreifen ist auch gut!", dachte Happy Hippo bei sich.

Happy Hippo sah man im Gras fast gar nicht. Stellenweise ist das Gras nämlich höher als der kleine Hippo. Happy Hippo könnte sich im Gras verstecken! Wie die Hasen und Antilopen könnte der Kleine sich verstecken! Und niemand würde ihn so schnell entdecken! Das wäre schon ein Spaß! Doch Happy Hippo liebte es auch, durch das Gras zu streifen. Happy Hippo liebte, die Grashalme an seinem Körper zu spüren – wie ein zartes Streicheln. Er liebte den Duft des frischen Grases. Er liebte das viele Grün! Das kleine Hippokind liebte, wie sich die Gräser im Wind bewegen. Dann sieht es aus, als würde der Wind über das Gras und über die ganze Wiese streicheln. Vielleicht ist das auch für die Grashalme wohlig angenehm? Bist du schon einmal in einer Wiese gelegen? Vielleicht als Baby? Magst du das einmal ausprobieren? Dann fühlst du dich vermutlich wie Happy Hippo in der Wiese! Happy Hippo liebte die Wiesen!

Happy Hippo liebte vieles rund um sich! Er hatte Augen für das Kleine und für das Versteckte! Er hatte Augen für all das, was die Großen oft gar nicht mehr sahen – oder hörten. Happy Hippo sah die Gräser, er sah die kurzen und die langen, die breiten und die schmalen, die gefleckten und die gezackten, die hellgrünen und die dunkelgrünen, die gelbgrünen und die braungrünen. Happy Hippo sah, manche Blätter hatten feine weiße Haare. Happy Hippo sah die Wurzelansätze – da, wo die Blätter und Halme aus der Erde wuchsen. Und er hörte! Er hörte mehr als die Großen, die sogenannten Er-wach-senen. Happy Hippo dachte jedes Mal: „Die Er-**wach**-senen sind gar nicht wach!" Happy Hippo dachte jedes Mal: „Die Er-**wach**-senen schlafen – obwohl sie wach sind." „Sie sind wach und zugleich gar nicht richtig wach!" „Obwohl sie gehen, stehen, sehen – sehen sie gar nichts." „Obwohl sie schauen, sich raustrauen, durchs Gras stapfen – hören sie gar nichts." „Sie sehen die hübschen Gräser gar nicht. Sie sehen die Käfer gar nicht – zwischen den Gräsern. Sie sehen die Ameisen gar nicht – die auf der Erde unter der Wiese herumkrabbeln. Und sie sehen die Mini-Schnecken gar nicht – am Boden der Wiese – obwohl sie die Augen offen haben!" „Sie hören die singenden Vögelchöre gar nicht, obwohl sie ‚wach' durch die Landschaft laufen – oder spazieren – oder sogar wo rasten, sitzen, ruhen." – Ja, so dachte das kleine Hippokind immer wieder über die großen Erwachsenen. Happy Hippo schaute, sah, erblickte, verfolgte, erfasste, ... Happy Hippo horchte, hörte, hörte hin, nahm auf, nahm wahr, ... erfreute sich an all den Augen-und Ohrenkonzerten. Ja! Happy Hippo lauschte dem Singen eines Vögelchens, das sich auf einem dicken Halm festgekrallt hatte – mit seinen zarten kleinen Krallen – fast möchte ich sagen Minikrällchen. Und Papa oder Mama oder Onkel ... gingen neben ihm her und hatten „nur" einen Kopf voller Gedanken. „Was sollen wir heute fressen? Wo gibt es das beste Futter für uns? Wer kümmert sich um die Kleinen heute Abend?" ... und, und, und ... Und das Vögelchen saß da mitten in der Pracht des Grün der Wiesen. Und das kleine Vögelchen zirpte und frohlockte mit seinem Liedchen. Und Happy Hippo frohlockte und freute sich mit! Er hatte das Gefühl, das Vögelchen singt nur für ihn. Happy Hippo hatte das Gefühl, das Vögelchen gibt sein Konzert nur für ihn.

Mama Hippo rief dann meist: „Geh weiter Hippokind!" „Wir müssen noch dorthin und dahin. Ich muss zu Hause noch ..."

So musste Happy Hippo oft all das Hübsche, das Erfreuliche für seine Ohren zurücklassen. So musste Happy Hippo oft das Hübsche, das Erfreuliche für seine Augen zurücklassen. So musste Happy Hippo oft das tun, wonach den Erwachsenen soeben war. Doch Happy Hippo ließ sich seine Freude nicht nehmen. Er ließ sich seine Freude nicht von Pflichten nehmen. Welch ein Wort! „Pflichten." Happy Hippo war ein Hippokind und Kinder nehmen das Schöne an die erste Stelle. Kinder nehmen das Erfreuliche an die erste Stelle. Kinder nehmen das, was Spaß macht, an die erste Stelle. Kinder tanzen, singen, springen, schreien, toben, weinen, lachen – machen lustige Sachen, wenn ihnen gerade danach ist. „Erwachsene sollten öfter das machen, wonach ihnen ist. Erwachsene sollten öfter Späße machen. Erwachsene sollten sich öfter freuen!", dachte das kleine Hippokind. Wenn Kindern „danach" ist, wollen sie das Ihre tun – solange sie möchten! Kinder wollen spielen – solange sie möchten! Kinder wollen trödeln – solange sie möchten! Kinder wollen weinen – solange sie möchten! Kinder wollen streiten, toben, sich ärgern – solange sie möchten! Ich denke, das ist gesund! Was denkst du? Ist Lachen, Toben, Ärgern, Schreien, Weinen gesund? Ist Lachen, Weinen, Toben, Ärgern, Wüten, Brüllen, Quatschmachen – so lange die Kinder wollen – gesund? Okay, wenn Happy Hippo genauer nachdachte, ist es doch nicht „gesund" – voll lange weinen. Wenn Happy Hippo genauer nachdachte, ist es doch nicht „gesund" – voll lange wüten, toben, „spinnen". Wenn Happy Hippo nachdachte, ist es doch nicht „gesund" – voll lange weiß der Kuckuck was zu tun. Voll lange scheint „nicht gesund zu sein". Doch eine Weile weinen, doch eine Weile brüllen, doch eine Weile „Blödsinn" machen, doch eine Weile traurig sein – tut gut! „Pflichten" – ja, Happy Hippo hatte auch „Pflichten". Er musste brav hinter Mama gehen – oder neben Mama gehen. Er musste „brav" aufs Klo gehen und dann mit seinem kurzen Schwänzchen den Kot im Wasser verwedeln. – So machen das Flusspferdfamilien. – Du musst wahrscheinlich auch brav hinunterspülen bei der Klospülung. – Und er musste essen, trinken, schlafen gehen. Doch Hippokinder machen sich bei „Pflichten" ebenso einen Spaß! Hippokinder machen sich bei all ihren „Pflichten" einen Spaß! Hippokinder wedeln und pritschein mit dem Wasser nach dem Klohäufchenmachen so viel, dass mehrere Onkeln rundherum angespritzt werden. Hippokinder planschen und blödeln und spaßen, wenn sie sich waschen und putzen. Darum brauchen Hippokinder immer besonders lange beim Gesichtwaschen, Zähneputzen und auch beim Baden. Die Erwachsenen baden und schauen dabei ganz ernst. Die Erwachsenen fressen und schauen dabei ganz ernst. Die Erwachsenen fressen das Beste, das Saftigste und schauen dabei ganz ernst. Und dann hört man die Erwachsenen oft reden: „Das Leben ist so ernst. Das Leben ist so schwierig. Ich muss wieder mal was richtig Schönes erleben." Hippokinder erleben den ganzen lieben langen Tag viel Schönes! Hippokinder lieben, was sie tun. (Meistens.) Und so fühlte sich Happy Hippo an jedem Tag abends und morgens und dazwischen wie in einer zauberhaften Wunderwelt. Schau! Höre! Horch! Auf die Wiese! Auf ein Konzert der zarten kleinen Vögelchen! Auf die Halme und Blätter – in der grünen Wiese! Schau, horch, höre und spüre diesen Zauber des Lebens!

Happy Hippos Oma Rosi

Happy Hippo hatte zwei Omas: Eine war die Mama seiner Mama und eine war die Mama seines Papas. Ich möchte dir heute mehr erzählen von Happy Hippos Oma „Oma Rosi". Hippo-Oma Rosi war eine besondere Hippo-Frau. Ich glaube, das wusste auch Opa Hippo, der seinen Lebensweg mit Oma Rosi fast ein Leben lang ging. Und er liebte seine Rosi sehr!

Schon ihr Aussehen war ein bisschen wie das einer wunderschön aufgeblühten Rose im Garten. Oma Rosi hatte große schwarze Locken. Sie schmiegten sich an ihr weiches Gesicht. Als Oma Rosi älter wurde, färbten sich die Ringellocken weiß, fast silbrig glänzend. Wunderschön! Oma Rosi hatte weiche rosarote Wangen, weiche Pfötchen – alles an ihr war weich. Wunderbar weich! Sich in die weichen Pfötchen zu schmiegen, liebte Happy Hippo sehr. Ihre Ärmchen und Beinchen waren ein bisschen dicklich, ein bisschen pummelig, ... einfach weich. Und das fühlte sich herrlich an – wenn sie ihren kleinen Enkel Happy Hippo in die Arme nahm, über den Kopf streichelte oder auf den Schoß nahm. Kleine Hippo-Enkelkinder sitzen nämlich auch gerne am Schoß! Happy Hippo liebte, sich an seine weiche Hippo-Oma zu kuscheln. Happy Hippo liebte, Hand in Hand mit seiner lieben Oma spazieren zu trappen. Happy Hippo liebte, seine weiche Hippo-Oma zu knuddeln. Happy Hippo liebte all das Weiche an seiner Oma Rosi. Ich glaube Happy-Hippo-Opa liebte auch das Weiche an seiner Hippo-Oma-Frau. Ich glaube, Hippo-Opa liebte vor allem das Weiche i n Oma Rosi. Denn Oma Rosi hatte ein sehr weiches Herz. Oma Rosi sah viel um sich. Oma Rosi entdeckte stets flink mit ihren Äuglein dies und das. Sie entdeckte die Vögel am Himmel singend. Sie entdeckte die Blumen im Wald blühend und mit mancher Heilkraft! Sie entdeckte die Traktoren der Menschen, die über eine Wiese ratterten – aus der Ferne. Und Oma Rosi fühlte vieles. Oma Rosi hatte viele Liebesgefühle für grüne Pflanzen, für Blumen, für Bäume, für Gemüse, für Tiere, ob Kuh, ob Käfer. Oma Rosi hatte viele Liebesgefühle für ihre Lieben aus der großen Hippo-Familie. Oma Rosi hatte ebenso viele Liebesgefühle für ihre vielen Hippo-Verwandten. Und Oma Rosi spürte, wie es ihnen ging. Oma Rosi spürte genau, ob jemand glücklich war, traurig war, verärgert war oder kränklich war.

Ich glaube, das liebte Opa ebenso an seiner Rosi. Oma Rosi wusste auch viel! Sie hatte Wissen in sich. Sie hatte viel Wissen

in sich über Warzenschweine, über Elefantenkühe, über Borsten-
hörnchen, über Nashornmännchen, über Sumpfpflanzen und
Moose, über Leberwurstbaum und Kameldornbaum. Oh, Oma
Rosi war ein kleines Wunder! Und Oma Rosi konnte arbeiten.
Oma Rosi arbeitete viel. Oma Rosi arbeitete fast bis in die
Nacht. Oma Rosi arbeitete auch noch im Finsteren, wenn es
schon Abend war. Dann arbeitete Oma Rosi irgendetwas für
die Familie. Oma Rosi arbeitete fast wie ein Nilpferd-M a n n.
Ich glaube, das liebte Hippo-Opa auch besonders an seiner Rosi,
dass sie so eine starke und fleißige Hippo-Frau war. Ja, Oma-
Rosi war wirklich ein großes Wunder! Oma-Rosi hatte auch
viele Hippo-Geschwister. Sie hatte mehrere Schwestern und
mehrere Brüder. Oma Rosi hatte alle ihre Geschwister sehr,
sehr lieb! Sie hatten viel Spaß, als sie noch klein waren – und
mal hatten sie auch allerlei Ärgereien. Doch das gehört dazu,
wenn man einen Bruder oder mehrere hat. Und das gehört dazu,
wenn man eine Schwester oder mehrere hat. Streit und Glück,
Sonne und Regen, alles gehört dazu. Alle Schwestern und Brüder
empfand Oma Rosi als wunder-bar! Der eine Bruder war lustig
und plaudrig, der andere war meistens still, doch hatte er gute
Ideen. Die eine Schwester war groß und klug, die andere klein
und fein. Mit der einen Schwester konnte Rosi besonders gut
auf Wunderbeerensuche gehen. Mit der anderen Schwester
konnte Rosi super Nachlaufen spielen. Oma Rosi konnte von
jeder Schwester etwas lernen. Und Oma Rosi schaute sich von
jedem Bruder etwas ab. Das Tolle war: Gab's Ärger im Hippo-
schwesternreich, konnte die kleine Rosi einfach zu einer anderen
Hippo-Schwester oder zu einem anderen Hippo-Bruder gehen.
Oma Rosi hatte also eine bunte Kindheit. Oma Rosi hatte eine
Kindheit mit viel Schönem und Lustigem, mit viel Ernstem
und Schwierigem. So ist das immer gemischt. Zuhause, in der
Schule, wenn du klein bist oder wenn du groß bist oder wenn
du alt bist. Das Leben ist gemischt. Mal so, mal so. Und diese
Buntheit macht doch auch froh, oder? Happy Hippo liebte seine

Oma Rosi sehr! Happy Hippo lernte vieles von seiner Oma Rosi. Happy Hippo lernte vieles von seiner Oma Rosi einfach so – vom Danebensein, vom Miteinandersein. Ich glaube, von Hippo-Oma Rosi hatte Happy Hippo auch, dass er Pflanzen, Blumen, Kräuter, Tiere, andere Hippos – alles! – so liebte. Ein Stück von Oma Rosi wird immer in Happy Hippo sein. Und es ist wunderschön, dass Happy Hippo Oma Rosi hat. Und wenn Oma Rosi mal gestorben ist, dann lebt sicher vieles von Oma Rosi im kleinen Hippo-Nilpferd weiter. Ist das nicht wunderbar?! Was liebst du an deiner Oma sehr? Was liebst du an deinem Opa sehr? Es ist ein Geschenk, dass du so viel Liebe in dir hast und um dich hast. Glaub' mir, du erlebst viel Liebe durch Oma, Opa, Mama, Papa, Schwestern, Brüder … Du bist geliebt …

Und es ist ein Geschenk, dass auch in dir so viel Liebe für andere ist …

Happy Hippo und die „Wunderblume"

Heute war wieder ein wunderprächtiger Tag in Happy Hippos Zauberwelt!

Die Sonne schien wohlig warm. Der Himmel spannte sein himmelblaues Zelt über die Welt. Wenige weiße Wölkchen spielten „Schäfchen fangen". Der Wind streichelte zart über die ganze Welt – so fühlte es jedenfalls Happy Hippo! Hast du das auch schon einmal gespürt – das zarte Streicheln des Windes um deine Wangen, durch deine Haare, in dein Gesicht? Die Grashalme der Steppe tanzten sanft hin und her! Die Luft spürte sich an, als wäre die Welt eine große warme Badewanne voll warmer Himmelsluft! Happy Hippo fühlte sich fast wie in weichem, wohlig warmem Badewasser sitzend – doch es war kein Wasser um ihn! Es war die föhnwarme Luft der Steppe Afrikas am Morgen. Mama Hippo döste noch genüsslich vor sich hin. Papa Hippo hatte seine Augen noch ganz zu. Hippo-Onkel Joe war ebenso noch im Land der Träume. Nur seine Nasenlöcher und seine Öhrchen guckten aus dem Wasser. Die Augen sahen freundlich aus, obwohl die Onkel-Augen zu waren. Onkel-Hippo Joe schlief fest wie ein Bär. Und er sah dabei auch noch freundlich aus. „Onkel-Hippo Joe träumt wohl was Schönes!", schmunzelte Happy Hippo über seinen sonst eher strengen, „nicht-lustigen" Hippo-Onkel. Auch die anderen Flusspferde der Herde schlummerten vor sich hin in den neuen Tag. Nur Happy Hippo schlief gar nicht mehr! Happy Hippo schlummerte auch nicht in den neuen Tag! Happy Hippo spürte ein Zappeln in seinem kleinen dicken Körper, als flögen zwanzig Bienen in ihm herum. Seine Augen blickten munter und völlig wach in die Welt! Happy Hippo fühlte sich fröhlich, lustig und sehr interessiert! Happy Hippo war happy. (Glücklich.) Der kleine Hippo-Spross hatte gut geschlafen. Der kleine Hippo-Spross hatte nett geträumt. Der kleine Hippo-Spross war putzfidelmunterwach! Er wollte lernen! Er wollte die Welt kennenlernen! So machte er sich auf den Weg – glücklich und bestens gelaunt – in die – Wiese! Happy Hippo schnupperte! Happy Hippo horchte und hörte! Happy Hippo schaute mit großen Augen – in seine Wiesenwelt! Und Happy Hippo spürte, wie glücklich und gut er sich fühlte! Er hätte die ganze Welt – Afrika, Europa, Asien und alle Länder und alle Meere und alle Wiesen auf einmal umarmen können. Wann warst du mal so glücklich und happy und fröhlich und gut gelaunt und mit Freude gefüllt? Erzähle! Unser kleines Hippo-kind konnte natürlich nicht wirklich die ganze Welt umarmen! Das sagt man so, wenn man sich ganz, ganz glücklich fühlt. Happy Hippo hatte ja auch zu kurze Ärmchen und Beinchen, als dass er eine ganze Welt umarmen hätte können. So tapste er mit seinen Beinchen durch das weiche kühle Gras. Von der Nacht saßen winzige kühle nasse Tautropfen auf Gräsern und Blättern. Happy Hippo spürte die feuchte Erde unter seinen

Füßchen. Und seine Nase fing einen frischen erdigen Duft ein. Mmmm! Wie er das liebte! Happy Hippo liebte den Duft der Erde! Happy Hippo liebte den Duft des Grases! Happy Hippo liebte die glitzernden winzigen Wassertröpfchen! Und die Wiese liebte er sowieso! Oh, was war das? Vor ihm zwischen den Halmen leuchtete etwas! Es leuchtete in starkem Rot! Was könnte das sein? Was glaubst du? Happy Hippo traute sich nicht gleich näher. „Etwas Rotes in der Wiese?", überlegte er. „Was ist das wohl?" „Ein Ball? Nein, kein Ball." Das Rote lag nämlich nicht auf der Erde. Das Rote sah aus, als würde es auf einem Stängel schweben. „Ein Vogel? Nein, kein Vogel." Das Rote hatte keine Füße. Das Rote hatte keinen Schnabel. „Was kann das sein?" Happy Hippo wurde neugierig. Ganz langsam und behutsam setzte das kleine Hippokind ein Beinchen vor das andere. Ganz langsam und behutsam bewegte es sich näher und näher zu dem Roten in der Wiese hin. „Oooohhhh!" Das Kind blieb stehen. „Oooohhh!", staunte der kleine Hippo. Oh, so was Schönes hatte er bisher noch nicht gesehen. Happy Hippo liebte die Wiese, er bewunderte die verschiedenen Grashalme und Blätter. Happy Hippo liebte all die verschiedenen Grüntöne der Wiese. Er liebte das Dunkelgrün. Er liebte das Hellgrün. Er liebte das Gelbgrün und das Braungrün. Hast du schon einmal die verschiedenen Grüntöne der Wiese angeschaut? Jetzt möchtest du wissen, was Happy Hippo Rotes in der grünen Wiese entdeckt hat, hm? Was glaubst du? Happy Hippo sah das Rote in der Wiese nun genau vor seinen kleinen neugierigen Augen. Da stand jedoch etwas Graues plötzlich hinter ihm. Etwas großes Graues stand hinter Happy Hippo. Mama Hippo war in der Zwischenzeit aufgewacht und hatte ihr kleines Hippokind gesucht. Sie hatte sich schon gedacht, wo er sein könnte. Sie hatte sich schon gedacht, dass ihr kleiner Hippo auf der Wiese sein würde. Und sie hatte die zertretene Wiese entdeckt, die sich wie ein Weg durch das hohe Steppengras schlängelte. „Das kann doch nur mein kleiner Hippo gewesen sein", wusste sie nach dem Aufwachen schmunzelnd. Sie kannte ihr Hippokind. Sie wusste, dass Kinder nicht so lange schlafen wie Hippo-Onkel Joe oder andere Erwachsene. Sie wusste, Happy Hippo ist neugierig, Happy Hippo will lernen. So hatte sie den kleinen neugierigen Hippo gefunden. „Das ist eine Mohnblume", sagte Mama Hippo sanft. „Eine Mond-Blume?", fragte der kleine Hippo nach. „Nein, keine Mond-Blume, diese Pflanze heißt Mohnblume", lächelte Mama Hippo liebevoll. Sie hatte kein bisschen geschimpft mit Happy Hippo – mit keinem einzigen Wort – obwohl das Hippokind einfach auf die Wiese verschwunden war. Mama Hippo freute sich! Mama Hippo freute sich, dass der kleine Hippo die wunder-schöne große rote Mohnblume entdeckt hatte. „Was ist eine Mooohnblume?", fragte Happy Hippo. „Eine Mohnblume ist etwas ganz Wunderbares!", strahlte die Hippomama. „Mohn-blumen erfreuen Bienen, Hummeln und andere Insekten", fuhr die Mama mit ihren Worten fort.

„Mohnblumen leuchten wunderbar rot – jeder kann sie gleich aus der Ferne sehen", sprach die Mama weiter. „Mohnblumen sind wie ein kleines Gasthaus für die kleinen Insekten. Der Blütennektar ist ein schmackhaftes Getränk für die durstigen und hungrigen winzigen Tierchen." „Und wenn es Regen gibt", wusste Mama weiter, „dann kriechen sie in sie hinein und ver-stecken sich und warten bis der Regen vorüber ist." „Wow! Was meine Mama alles weiß!", freute sich das Hippokind. „Und weißt du was? Mein Kleiner", Mama Hippo machte es erneut spannend. „Diese Blüte ... Diese Blüte ist ein Heilmittel", be-endete Mama endlich ihren spannenden Satz. „Waaas?", staunte das kleine Hippokind. „Du meinst, es ist wie eine Mediziiin? Wenn man krank ist?", wollte das kleine Flusspferdkind wissen. Seine Augen waren groß – wie die einer Eule. Sein Mund war leicht geöffnet – wie beim Wassertrinken. Aber Happy Hippo war keine Eule und er trank gerade kein Wasser. Was er trank, war von Mamas Wissen! „Ja, mein liebes Hippokind. Pflanzen sind sehr oft Heilmittel. Pflanzen sind sehr oft Medizin, wie du es nennst, in Blütenform." Das Hippokind war verzaubert. Happy Hippo konnte es kaum fassen. „Bei uns, Mama, wächst Medizin auf der Wiese?", hakte das Hippokind fragend nach. „Ja!", schmunzelte Mama Hippo. „Bei uns wächst verschiedenste Medizin auf der Wiese. So könnten wir sagen."

„Ja wofür ist denn die Mohnblütenmedizin?" Happy Hippo wollte mehr wissen.

„Ja und wie macht man denn Medizin aus der schönen roten Blüte?" Hippokind Happy Hippo wollte alles wissen. Und Mama Hippo nahm sich gerne Zeit, um ihrem Kind „alles" Wissen mitzu-teilen. Denn Mama Hippo wusste, kleine Hippos sind so wertvoll, und Mohnblumenblüten sind auch sehr wertvoll. Sie wollte ihrem Hippokind seine Fragen natürlich beantworten. (Mama Hippo hatte zwar schon Bärenhunger. Sie würde nun gerne etwas Gras fressen. Doch sie wollte ihrem kleinen Hippo-schatz gerne seine wertvollen Fragen beantworten.)

„Schau, in der Mohnblumenblütenpflanze ist so viel Kraft von der Sonne. Schau, wie groß und stark sie vor uns steht – mit ihrem dünnen Stängelchen. Selbst Wind und Regen tun ihr nichts an", führte die Mama ihr Wissen fort. „Aus den Pflanzen können wir Tee bereiten – ganz einfach mit Wasser und den Blüten." Das Hippokind horchte aufmerksam. „Viele Pflanzen sind Heilmittel", wusste Mama. „Von manchen dürfen wir nicht zu viel nehmen, sonst können wir Kopfweh oder Bauchweh bekommen. Doch von vielen können wir jeden Tag Tee bereiten und trinken. Oder wir trinken Tee von den Heilpflanzen wie Medizin, wenn es uns nicht gut geht." Happy Hippo lauschte immer noch voll Interesse und Neugierde. „Manche Blüten helfen, wenn wir nicht gut schlafen können. Manche Blüten helfen, wenn der Hals wehtut. Manche Blüten helfen, wenn wir stark husten müssen und Schmerzen haben. Von manchen Pflanzen können wir Salben herstellen. Manche Pflanzen in einer Salbe können unsere Haut heilen. Manche Pflanzensalben helfen zum Beispiel Hippo-Onkel Joe wenn ihm seine Gelenke vom vielen Laufen wehtun und vom vielen Arbeiten." Das Hippokind saugte alles Wissen wach auf, wie eine leckere Milch oder einen leckeren Saft. Mama Hippo freute sich. Mama Hippo wusste, ihr Hippokind lernt nun wieder ein Stück seiner Welt des Lebens. „Die Menschen backen sogar aus den Samen der Mohnblumen sogenannte Mehlspeisen. Mohnnudeln, Mohnstrudeln und so Sachen, habe ich von Hippo-Oma Barbara gehört", erzählte die Hippomama immer noch liebevoll. Sie wusste, all das wird ihr Hippokind einmal s e i n e m Hippokind erzählen. Mama Hippo wusste, darum ist die Zeit mit ihrem Kleinen so wertvoll. „Wow!" Das Hippokind war wie verzaubert. „Auf all den Wiesen wachsen Medizinflascherln." „Meine geliebte Wiese ist eine Apo-popo-theke", spann Happy Hippo vor sich hin – vor lauter Staunen über all diese Zaubereien in Worten. „Ja, die Wiese ist eine Apotheke", berichtigte Mama. „Und diese bezaubernde wunderschöne rote Mond-Blüte ist die allerschönste Medizinflasche", sagte der kleine Happy Hippo. Und dann ging's ab nach Hause mit Mama Hippo und der schönen roten Mohnblüte in Gedanken des kleinen Happy Hippos.

Befreiung

Schritte, die aus dem Schlaf stolpern.

Jede Bewegung automatisiert, obwohl über meinem Körper eine bleierne Müdigkeit liegt, dieselbe Müdigkeit, die meinen Geist lähmt. Wie blind gehe ich vorwärts, dieselbe Abzweigung jeden Tag, ich kenne jeden Schritt auswendig.

Mit schlafwandlerischer Sicherheit betrete ich das Gebäude der Stadt, das mich aufsaugt und einschließt, nur ein Bruchteil meiner selbst ist wirklich wach. Der Rest schaut wie betäubt zu, alles funktioniert wie von selbst.

Mit gleichförmiger Präzision erledige ich jeden Handgriff, mein Weg vorgeebnet durch die Fußstapfen der Tage, Wochen, Monate, Jahre zuvor. Zeit, die ineinanderfließt.

Erst am Abend senkt sich die bedrohliche Müdigkeit ganz auf mich herab, nimmt Besitz von meiner Denkfähigkeit und entzieht mir die Kontrolle über meinen Körper.

Ich sinke in die Polster, die Konturen des Abdrucks, den ich dort hinterlassen habe, passen sich meinen Umrissen perfekt an.

Doch es ist keine Erlösung, wenn mich der Schlaf heimsucht.

Erst in diesem Zustand erwacht der Rest von mir, reißt mich mit sich in beunruhigende Träume, wirft die Ordnung in meinem Kopf durcheinander.

Doch der nächste Morgen kommt und alles ist wie zuvor.

Mein Körper gehorcht den abgespeicherten Befehlen meines Bewusstseins.

Funktionieren. Ein Zahnrad im Getriebe.

Mitten in diesem Kreislauf halte ich plötzlich inne.

Die Frage nach dem Warum hat sich unbemerkt in mein Bewusstsein geschlichen. Ich stehe an einer geistigen Weggabelung, plötzlich ist da die Möglichkeit, zu entscheiden.

Unsicher mache ich den ersten Schritt in eine neue Richtung, ein unbekannter Weg, bevor ich anfange zu rennen.

Die Treppen des Gebäudes ein Irrgarten.

Irgendwann erreiche ich den Ausgang. Rasendes Herz, meine Identität schwimmt in dem Meer meines offenen Bewusstseins.

Ich stoße die Tür des Gebäudes auf, in dem die Tage an mir vorübergezogen sind, und finde mich auf den Straßen der Stadt wieder.

Veränderung war es, die ich erhofft hatte zu erblicken, doch die Welt um mich herum ist grau und leblos geblieben.

Die Häuser türmen sich in schwindelerregender Höhe zu meinen Seiten auf, bedrohlich blicken sie von oben herab.

Lange Schatten.

Ich werfe einen Blick zum Himmel hinauf, doch ich kann ihn nicht über mir ausmachen.

Mit einem lautlosen Ächzen wölben sich die Dächer der Gebäude zur Straßenmitte und verdecken mir die Sicht, bis sie sich scheinbar fast berühren. Kälte breitet sich um mich herum aus, kriecht in mich hinein. Atmen fällt schwer.

Doch etwas hat sich verändert.

Meine Gedanken beginnen plötzlich auf anderen, neuen Pfaden zu wandern, auf Wegen, deren Unergründlichkeit sich den Regeln entzieht. In meinem Kopf wurde eine Tür aufgestoßen, die es mir nicht zulässt, zurückzugehen.

Es ist, als ob ich plötzlich wirklich sehen könnte, was um mich herum geschieht. Ich laufe los und beginne zu erkennen:

Es sind vor allem die Städte, in denen unsere Gesellschaft unterzugehen droht.

So viele Menschen auf einem Fleck grauer, lebloser Erde.

Eifrig laufen sie aneinander vorbei, Augen geschlossen, Bewusstsein versperrt, fokussiert auf die Dinge, die ihnen als

bedeutsam eingetrichtert wurden. Wünsche aus bedeutungs-
losen Zahlen, Termine, Müdigkeit.

In sich gekehrt, ohne wirklich in sich zu gehen.

Der Asphalt entzieht ihnen, ohne zu fragen, die Wärme.

Niemand sieht sich an. Ein zielloses Vorbeirauschen.

Ich beobachte sie stumm, als würde ich sie zum ersten Mal
sehen.

Und frage mich, wo ich hier jemals wieder einen Platz finden soll.

Erinnerungen an die Natur, in und um uns, kommen in
mir auf.

Der Geruch der Sonne, das Gefühl der Blätter im Wind, das
Geräusch des wachsenden Lebens. Die Energie, die all dem inne-
wohnt und uns frei atmen lässt. Eine im Kreislauf abgestimmte
Ordnung, so perfekt in ihrer Inperfektion.

So vollkommen trotz der Vergänglichkeit alles Lebens.

Hier spüre ich davon nichts. Es liegt begraben unter dem
Grau und der eilenden Zeit und fehlenden Achtsamkeit des
Einzelnen.

Ich gehe weiter, biege um die Ecke.

Ein paar Meter vor mir ein kleines Kind, tänzelt unbedarft
über den leblosen Boden, vertieft in seine bunte Welt.

Achtet auf nichts und niemanden außer sich selbst und den
Moment, in dem es lebt.

Ich weiche ihm vorsichtig aus, bis es mich sieht.

Ich schenke ihm ein trauriges Lächeln und bekomme einen
neugierigen Blick voller Aufmerksamkeit zurück.

Dieser unfertige Mensch lebt noch inmitten der grauen,
toten Masse.

Strahlt wie ein Licht im Nebel. Auch dieses Licht wird erlöschen. Sie werden ihm keine Wahl lassen.

Mein Weg führt mich an Leuchtreklamen, Schaufenstern
und Werbungen vorbei.

Leere Versprechen, kalter Materialismus, sinnlose Angebote,
die dein Leben noch weiter weg von dem unter der Oberfläche

führen soll. Mitten in ihre lauernden, fälschlich sicher wirkenden Arme. Der Weg ins scheinbare Glück. Selbstverwirklichung.

Sie wollen dich verführen zu etwas, was uns alle zerstört. Zu einem von ihnen machen.

Ein hinterlistiges Lächeln. Ein kalter Blick. Gier nach Luxus.

Ich habe es gewagt, einen langen, tiefen Eindruck von dem unter der Oberfläche zu bekommen.

Es war warm dort. Zeit hatte keine Bedeutung.

Geborgen, bunt, voller Muster und strotzender Energie.

Es gab auch dunklere Wege, aber sie zu gehen, hat mich zu mehr Licht geführt. Sich kennenzulernen bedeutet nicht immer, dass man sich zu jeder Zeit lieben muss.

Ich sitze im Bus.

Zwischen all den fremden Menschen, alle Etwas und doch jeder ein Niemand. Argwohn.

Plötzlich sehen mich all diese kalten, leeren Masken an. Ein Wispern geht durch die Menge, ansonsten verstummen alle Geräusche. Die Zeit steht still.

Anders …

Abschätzig kommt dieses Wort aus ihnen heraus, in Hass und Verurteilung werden sie zu einem Kollektiv.

Du bist hier nicht erwünscht, flüstern sie.

Ich spüre die Blicke auf mir wie Eis, erschauere.

Sie haben alle keine Augen mehr in ihren Masken. Leere Höhlen.

Es sind keine Menschen mehr, die mich ansehen.

Es ist die Gesellschaft.

Sie kommen näher, stehen auf, verbünden sich.

Wir wollen dich hier nicht haben.

Du weißt zu viel.

Du bringst unsere konstruierte Ordnung durcheinander.

Das Flüstern wird zu einem Raunen, sie gewinnen an Stärke.

Vertraute Angst keimt in mir auf.

Doch inmitten all dieser grauen Masse ist ein heller, leuchtender Fleck voller Farben.

Er kommt näher.

Ein junger Mann sieht mich an, ich scheine ihn zu kennen. Er geht unbeirrt von dem Starren der Masse auf mich zu. Sie lassen ihn durch, doch beobachten ihn wie hungrige Raubkatzen. Die Menge treibt auseinander.

Er ist noch ein Mensch und seine Augen voller warmer Gefühle. Etwas, das man immer seltener zu Gesicht bekommt.

Er nimmt meine Hand und führt mich aus dem Bus.

Sie schauen uns hinterher, aber sie folgen uns nicht.

Sie wenden sich ab, man spürt die unterdrückte Wut, die von ihnen ausgeht, wie ein Vibrieren.

Die Türen des Busses schließen sich.

„Warum folgen sie uns nicht?", frage ich meinen Partner.

„Du darfst keine Angst haben. Wenn du es schaffst, unter ihnen du zu sein und zu leuchten, dann werden sie anfangen dich zu meiden. Es ist besser so, als sich anzuschließen."

Er zieht mich zu sich, streicht mir über meine Haare, meine Arme, schenkt mir etwas von seinem Leuchten und umarmt mich.

Ich schließe die Augen.

In meinem Kopf explodieren Farben und Lichter, der Boden löst sich unter uns auf und wir verschwinden in einem Strudel aus neonfarbenen, kaleidoskopartigen Strukturen auf schwarzem Hintergrund.

Ich tauche mit ihm unter die Oberfläche. Das Durchbrechen, das endgültige Loslassen, ist wie immer erstmal schmerzhaft, aber in dem Moment, in dem wir angekommen sind, kann ich frei atmen. Spüre ein Lachen in mir aufsteigen, leicht wie Seifenblasen.

Unsere Schritte sind schwerelos, er nimmt mich an die Hand und wir gehen weiter durch diese formlose, sich ständig verändernde Welt, die mir so viel vertrauter ist als die andere. Hier bin ich willkommen.

Mit jedem Schritt ziehen wir einen bunten Lichtstreifen hinter uns her.

Leise Musik, farbige Töne umhüllen uns, so zart und sanft wie ein Windhauch. So ernsthaft und spielerisch zugleich.

Wir heben unsere freien Hände und Muster strömen aus ihnen heraus. Wir gestalten die Welt. Einziges Werkzeug unsere Imagination.

Ich lache leise, vergnügt, sein Lächeln als Erwiderung.

Wir kommen an einen Abgrund. Er sieht mich an.

„Lass uns springen. Wir haben nichts mehr zu verlieren."

Ich schaue nach unten in ein pulsierendes Meer aus Farben.

„Was erwartet uns?", frage ich.

„Die Freiheit von allem."

Ich fasse seine Hand fester, unsere Herzen im Takt, ich schließe die Augen und wir lassen uns fallen.

Zwei Frauen

Es ist eine in allen Einzelheiten erfundene und nur seinem Hirn entsprungene Geschichte, wenn seine Nachbarin, die gerade im Sonnenschein am Zaun steht, zu Peter sagt:

„Schön, dass Sie vorbeikommen. Nun geht die Gartenarbeit wieder los."

Sagt Peter: „Ich grüße Sie ganz meinerseits. So nach Jahren wächst alles immer schneller und wird mehr. Früher freuten wir uns, wenn es denn endlich gewachsen ist. Nun ist alles groß, zu groß. Aber es geht noch mit dem Raushauen und der Pflege ... und macht noch Freude."

Peter nennt sie Katharina. Sie wohnt mit Tochter und einem alten Hund zwei Häuser weiter, wie es ein Bekannter mal ausdrückte: in einem Dreimädelhaus. Der Zaun ist niedrig.

Katharina: „Aber wenn's dann wieder sprießt und das neue Grün ..."

Peter unterbricht: „Unglaublich, dieses Grün, so frisch und hell und sauber. Ich finde das jedes Mal neu ganz wunderbar und möchte am liebsten ausflippen."

Katharina freute sich: „Ja, wunderbar, das ist das richtige Wort. Manchmal denke ich, es könnte tatsächlich ein Wunder sein, so ganz anders als das Jahr über, heller und frischer."

Sagt Peter: „Das Lind wird im Sommer irgendwie dunkler und geht zum Jagergrün, so ein bisschen unansehnlich. Ich mag es nicht und denk mir's dann wieder frisch."

Der Versuch eines verschmitzten Lächelns ist nur halb gelungen. Katharina, dieser Name, er ist ihm zu lang. Er denkt: Lass was weg und sag Rina, sie könnte auch Rina heißen.

Vielleicht ist es die Koseform von Katharina? Egal, es gefällt ihm besser.

Rina: „Wenn Sie das hinkriegen?"

Sagt Peter: „Sie lassen's mehr wachsen, das Gras und die Pflanzen. Manchmal denk ich: Schau, wenn du auch mehr Natur ... lass einfach mal, mach nicht so viel herum und genieß es."

„Er ist schön, Ihr Garten. Ich müsst mehr machen. Aber sagen Sie ... was ganz anderes: Wir kennen uns ja schon lange. Sie sind nicht mehr allein?"

Sagt Peter: „Nein, alleine, das ist nicht so meins."

Rina: „Ich seh das manchmal so zufällig ... und bin auch nicht ... wir sind ja beide nicht alleine und haben uns. Aber der Trubel mit dem Tier ... wissen Sie, das ist auch so eine Sache."

Sagt Peter: „Ja, Ihr großer Hund. Sie müssen immer in Äktschen sein."

„Klar, jeden Tag raus, zwei Mal, auch mehr. Und eine Katze. Wir haben auch noch eine Katze, einen Stubentiger, die geht nicht raus, deshalb haben Sie sie noch nicht gesehen. Vorne am Fenster vielleicht?"

Sagt Peter: „Das kann ich nicht sehen."

Rina: „Und Ihre ... wie sagt man eigentlich dazu?"

Sagt Peter: „Meine Ex?"

Rina: „Sie hat ihren Namen geändert?"

Sagt Peter: „Meine geschiedene Frau? Ja, das hat sie ... und hoffte, damit wegzukommen, weg von mir."

„Mit dem anderen Namen?"

„Mit dem anderen Namen."

„Und meinte, dass das reicht? Sie wohnt aber doch noch hier, direkt neben Ihnen, zwei oder drei Meter weiter, die nächste Tür? Das ist doch so gut wie nichts."

Sagt Peter: „Ja. Die beiden Häuser sind aneinandergebaut, erst meines, dann ihrs. Wie bei Ihnen, wie ein Doppelhaus eben."

Rina: „Und was meinte sie, wie das gehen soll, weg von Ihnen und dann unmittelbar daneben?"

Sagt Peter: „Sagen Sie mir's? Ich will ja nicht unverschämt sein, aber meinen Freunden sage ich dazu: Sie ist eine Frau."

Rina: „Manchmal denk ich, dass auch ich meine Geschlechtsgenossinnen nicht verstehe."

Sagt Peter: „Ich bitte Sie, wir sind beide Ingenieure, Sie und ich. Wir haben uns am Zeichenbrett in Ihrer Firma kennengelernt. Sie machten Maschinen für uns, Fertigungseinrichtungen, die man so nirgends kaufen konnte. Sie entwickelten und bauten sie ... und auf dieser Ebene haben wir uns gut verstanden."

Rina: „Und würden das auch heute noch ... wahrscheinlich."

Sagt Peter: „Sehr wahrscheinlich."

Rina: „Aber wenn sie doch weg wollte ..."

Sagt Peter: „Als ich sie kennengelernt habe ... sprachen wir von Liebe, sie mehr als ich. Ich bin Schwabe. Sie wissen, dass die nicht gerne reden. Aber sie: Liebe, Liebe und gemeinsame Interessen und Kunst und noch einmal Liebe und toll und überhaupt. Und nach ein paar Monaten – oder war es nach einem Jahr: Wir müssen über Geld reden, wenn wir die Idee haben, zusammenzuziehen. Wer bezahlt dann was und so?"

Rina: „Ist klar. Lass mich raten: Halbe-halbe? Oh sorry: Lassen Sie mich raten: Halbe-halbe?"

Sagt Peter: „Halbe-halbe liegt auf der Hand."

Rina: „Und dann?"

Peter verneinte mit dem Kopf, blickte zu Boden und rezitierte mit leiser Stimme:

„Sie meinte: anders. Und schüttelte mit dem Kopf. Ich wollte wissen, wie anders? Sie meinte dann noch einmal: anders. Und weiter: Sonst hätte sie ja keine Versorgung. Ich hatte nichts verstanden, wollte aber auch keine Diskussion. Wir kannten uns gerade eben und schon gabs Differenzen. Das wäre ein schlechter Start gewesen und das wollte ich nicht, so haben wir das Gespräch vertagt. Sie zog bei mir ein. Ich schenkte ihr zu Weihnachten das Haus nebenan. Es gehörte mir und war vermietet. Wenn wir unser Leben gemeinsam ... Sie verstehen? ... vielleicht sogar heiraten ... wir sprachen ja immer noch von Liebe, dann gehört uns beiden sowieso beides, dann ist alles andere egal."

Rina: „Ok, das war die Leimrute."

Sagt Peter: „Leimrute?"

Rina: „Na ja, so sagt man dazu. Cleopatra hat das vor ein paar hundert Jahren mit Cäsar auch schon so gemacht."

Sagt Peter: „Hab ich von gehört. Im Nachhinein ist das leicht ..."

Rina sah ihn schweigend an. Ein Teil ihrer Haare fiel über die Stirn nach vorne. Sie sah umwerfend aus.

Sagt Peter: „Ok, es ist kein schönes Thema. Lassen wir es."

Rina: „Nein, nein ... schön ist es nicht, aber spannend. Ich höre gerne zu."

Sagt Peter: „Sie haben uns als Nachbarn einige Jahre erleben können."

Rina: „Das sah immer gut aus, Sie waren freundlich und hilfsbereit, der Garten, alles ganz famos."

Sagt Peter: „Aber Sie haben nicht sehen können, was nach dem Schenkungsvertrag und anschließendem Grundbucheintrag weiter abgelaufen ist, wie das ganze Gebilde Ehe, oder wie die Lebens- oder, ein bisschen verträumter: wie die Liebes-Gemeinschaft von innen verrottete und verfaulte und von ihr mit Akribie und Chuzpe auseinandergetrieben wurde. Sie war fast am Ziel und wollte, dass ich ausziehe, nach nebenan, das wäre doch das Einfachste und das Schönste. Wir könnten dann eine lockere Ehe führen, jeder für sich, aber weiterhin nah beim anderen."

Rina: „War das so etwas wie eine Hassliebe?"

Sagt Peter: „Wenn es so etwas gibt?"

Rina: „Kann eigentlich nicht. Hass und Liebe sind zwei Antipoden. Auf einer Emotionen-Skala liegen sie am weitesten auseinander."

Sagt Peter: „Nein, das war es nicht. Bei ihr war es eindeutig Hass und das mit der Liebe eine unverschämte Lüge. Sie hat mich all die Jahre angelogen. Aber es war noch mehr. Als die Mieter auszogen, war das für sie ein fabelhafter Zufall. Sie sah ihr Ziel vor Augen ... und die begannen zu glitzern und zu glänzen. Sie wusste mittlerweile, dass ich nicht ausziehen würde, also erwog sie, selbst auszuziehen. Es fehlte ihr nur noch ein bisschen Geld ... so für jeden Tag, Taschengeld von mir wie bisher, oder sagen wir: eine Apanage für nichts, für gar nichts, nun noch nicht einmal mehr für eine Fake-Liebe, ein Zusammen oder gar ein bisschen ehelichen Sex. Letzterem hatte sie sich schon lange zuvor entzogen."

Rina: „Jetzt bin ich aber echt gespannt. Ich habe keine Idee, wie es weitergegangen sein könnte."

Nun war es Peter, der nichts mehr sagte. Er konnte nichts sagen, weil er kurz schlucken musste, schlucken und nachdenken, nur kurz ... um unmittelbar danach ein kleines Lächeln über sein Gesicht huschen zu lassen. Ihm dämmerte, nein, es war ein Blitz, ein Gedankenblitz, dass sein Leiden, sein in der Erinnerung immer noch präsentes Ärgernis, sein duldendes Ertragen einstiger schmerzhafter Qualen, auch zur Erbauung anderer Menschen beitragen kann. Rina war gespannt ... und sagte das sogar. Er nahm plötzlich eine andere Qualität wahr, bemerkte sie und spürte ihr nach. Da geschah etwas, das er noch nie in seinem Erleben, was immer es auch gewesen sein mag, einbezogen hatte. Gut so. Also bleib hier, schöne Nachbarin, bleib interessiert und werde noch neugieriger, als du es schon bist, bleib am Zaun und höre. Peters Lächeln etablierte sich in einem freundlichen und aufmunternden Gesicht, er begann hin und her zu gehen, zupfte mal an einer Pflanze, untermalte seinen Bericht mit ausufernder Gestik der Arme und berichtete weiter.

Sagt Peter: „Was soll ich sagen? Übrigens: Ich habe nichts dazuerfunden. So wahr ich hier stehe, es war so, diese Frau ... früher hätte man sie als Hexe auf dem ... ok, Sie kennen das und ich will ihr auch nichts anhängen. Ich war, wie seit zwanzig Jahren und auch schon lange vor ihr, jedes Jahr im Februar in meiner Auszeit in einer einsamen Hütte im Lauterdörfle bei Hayingen auf der Schwäbischen Alb ... und schrieb dort in der Abgeschiedenheit Bücher."

Rina: „Davon haben Sie mir mal berichtet. Ich erinnere mich ... und mir sogar eines geschenkt."

Sagt Peter: „Das muss schon lange her ... und eines meiner ersten Bücher gewesen sein."

Rina: „Ich meine, dass es um einen Ingenieur ging, auch auf dem Titel."

Sagt Peter: „Aha ... sie rief mich dort an, beschimpfte mich mit dem Vorwurf, ich sei fremdgegangen, wie sie der gerade eingegangenen Monatsrechnung der Handy-Telefongesellschaft mit einem hohen Einzelbetrag einer Nummer entnehmen konnte, deren Vorwahl mit einer Sechs begonnen habe. Das sei ja nun das Schärfste, was ich mir erlaube. Ich solle nicht weiter lügen und lügen und, und ... sie sei aus dem Schlafzimmer ausgezogen, das würde sie nicht aushalten, und schlafe nun im Wohnzimmer."

Rina: „Entschuldigung, wenn ich unterbreche: Sie ist aus dem leeren Schlafzimmer ausgezogen?"

Sagt Peter: „Weil sie mich und die fehlende Wertschätzung nicht länger ertragen könne. Ja, so war das. Ich möchte nun nicht schon wieder über weibliche Logik und feminine Verhaltensweisen schwadronieren ..."

Rina: „Nein, bitte nicht, denn bei einer solchen Story würde ich eher über Dummheit nachdenken."

Sagt Peter: „Und wenn Dummheit zu wenig wäre? Die Steigerung von Dummheit, was könnte das sein? Ich habe sie nicht gefragt, warum sie besagte Nummer nicht einfach angerufen habe. Sie hätte dann ein bisschen mehr Sicherheit gehabt ... und feststellen können, dass es die Nummer meiner Tochter war."

Rina: „Die Steigerung von Dummheit ... ?"

Sagt Peter: „Nein, sagen Sie jetzt nichts, es kommt noch was."

Rina: „Wie Sie das immer ausgehalten haben ... oder ist doch ein bisschen Phantasie dabei? Sie ist dann umgezogen,

nach nebenan. Hass und Dummheit ... und dann nach nebenan, das kann doch nicht sein ... was ich am allerwenigsten in
meinen Kopf bekomme. Warum nicht weit weg, irgendwohin
in der Stadt ... ich, oh sorry, ich glaube, dass ich schon zu lange
von drinnen weg ... bis bald wieder einmal."

Und schon war sie durch die noch angelehnte Haustür verschwunden. Peter widmete sich nun endlich seinem Tun, das er
sich vor dem Gespräch vorgenommen hatte. Die Rosen waren
dran. Er zog sich den linken, dick gepolsterten Handschuh an,
um keine Bekanntschaft mit den scharfkantigen Stacheln der
angeblich schönsten Blume der Welt zu machen. Die Ambivalenz
von schön und verletzend hatte ihn vor Zeiten schon einige Mal
beschäftigt. Und Frau ... für Peter ist der schönste Mensch, oder
besser: „die schönste Mensch", schon immer eine Frau gewesen,
nicht jede, aber auf ihre Art sind viele ein Hingucker, oder besser:
eine Hinguckerin. In der ersten Wärme begannen die Rosen
bereits zu sprießen. Es war höchste Zeit, sich zu kümmern.

Die Ex schön? Er hat sie geheiratet. Heute interessiert er sich nur
noch für ihre Stacheln. Die Nachbarin hatte recht. Sie ist aus- und
umgezogen, nach drüben ... weg von Peter, möglichst weit weg, um
dann auf einen Meter dicht dabei geblieben zu sein, Haus an Haus.
Wenn sie morgens im Bad ist, es ist Wand an Wand, kann er ihr
Wasser hören, das vom Klo und das vom Waschtisch, manchmal
auch das der Wanne. Und dann die Küche. Die befindet sich unmittelbar unter dem Bad und bei Peter an der Flurwand. Es treibt sie
morgens gegen sechs, oft auch früher, geräuschvoll raus. Das kann
senile Bettflucht sein. Das Alter dazu hat sie längst. Manchmal
bleibt es ruhig, dann sind auf der Hausrückseite auch tagsüber
die Läden geschlossen. Vielleicht liebt sie es, wenn auch sie seinen
Tagesablauf an den bekannten Geräuschen verfolgen kann? Obwohl, das Rolladengeknarze hat ihr nie gefallen, sie hasste das laute
Rasseln und mühsame Hochziehen der alten Dinger.

Die Geschichte mit dem Anwalt, der ihm in einem Brief be-
schied, ihr monatlich einen vierstelligen Betrag zu überweisen ...

die Apanage … sei, wenn einer der beiden auszieht, zugunsten dessen mit dem geringeren Einkommen rechtens. Nein, darüber bräuchte man, bei seinen verschiedenen und passablen Einkommen, nicht zu reden. Nach den Angaben seiner Ehemaligen seien sein Einkommen und sein Vermögen um ein Vielfaches höher als von ihm und seinem Steuerberater angegeben. Peter fügte in Gedanken hinzu, dass sie ihren Hals offensichtlich immer noch nicht voll habe. Erst das Haus, dann weg von ihm, ausgeweidet hatte sie ihn schon zuvor, später die Apanage für eines der größten Nichts aller Zeiten und schließlich der Verstieg in die Behauptung, er habe seinen Steuerberater und das Finanzamt angelogen. Es gibt ein Buch, so hatte er neulich liegen gesehen, mit dem Titel „Infam". Oft genügt ein Wort oder ein Hinweis, um einen Zustand zu triggern. Sein Hals wurde dicker. Der Nachbarin ist das schon früher aufgefallen. Er erinnerte sich an ihre Frage, wie er das alles ausgehalten habe. Heute könnte er ihr über autogenes Training vorschwärmen und darüber, wie er mit den Freuden beim Schreiben von Büchern und mit seiner Begeisterung über das Anfertigen vieler Zeichnungen und Kunstwerke den nachbarschaftlichen Kot und die stinkige Jauche von seinem Seelchen fernhalten konnte.

In seiner Betroffenheit fragte Peter jede und jeden, die oder den er erreichen konnte, und wurde schnell fündig:

„Du musst da raus. Das Gesetz gilt für Ehepartner. Wenn du keiner mehr bist …" Und:

„Ruf bei der Versicherung an, die können dir bestimmt einen passenden Anwalt nennen."

Die Scheidung war eine kurze Sache, ein Eigentor für die Ex, aber mit dem Affentanz machte sie weiter. Sie monierte die Benutzung und Zerstörung eines Gullys, ja, von so einem Ding auf der Straße, der auf dem gemeinsamen Weg vor den Häusern liegt, den Regen vom Himmel, der auf ihre Terrasse fällt und von Peter abgestellt werden soll, nein, kein Witz, den Blick auf nämliche Terrasse, gegen den sie sich mit viel Pflanzen eingeigelt hatte, die Efeuranken von Peter, die sich wie Giftschlangen, ganz böse und gemein, an ihrer Garagenwand emporschlängelten, und weitere Scharmützel, die wahrscheinlich oder vielleicht irgendeinen Hunger bei ihr stillten. Wäre sie ein Mann, würde man von Nachstellen, Stalking oder Mobbing sprechen, käme körperlicher Kontakt hinzu, anfassen, wäre #metoo angesagt. Letzterem entgeht sie schon seit Jahren mit dem Einhalten großer Abstände und raffinierten Pirouetten um Häuserecken, zum Beispiel auf der Straße zum Briefkasten oder zur Haltestelle.

Peter sah die Nachbarin wieder im Garten und grüßte artig. Sie verstand es als Aufforderung, wieder einzusteigen:

Rina: „Na, wie ist der freudianische Widerhall?"

Er musste überlegen: Die Psychoanalyse von Sigmund Freud, was könnte sie damit meinen? Während Peter noch grübelte, und sie ihn dabei lieb, aber fragend ansah, konnten seine Gedanken keine Klärung schaffen. Sie kam näher.

Rina: „Was Sie mir von Ihrer Ex alles erzählt haben ..."

Sagt Peter: „... dazu könnte ich noch weiter liefern."

Rina: „Das habe ich gemerkt ... und auch gesehen. In Ihrem gemeinsamen Garten, dort an der gegenüberliegenden Seite, macht sie etwas ... das ein Zaun werden könnte oder ein größeres Bohnenbeet mit vielen Stangen? Aber wie das?"

Sagt Peter: „Meines und Deines, ein Zaun in den Hirnen und zwischen den Gärten. Die Welt hat sich in den letzten Jahren, bald ist ein ganzes Jahrzehnt drüber, darauf eingestellt, dass viele Männer viele Frauen unterdrücken, schlecht behandeln und als Sexdummchen benutzen. Drei von ihnen sagten das laut, bezichtigten einen davon, den Filmproduzenten Harvey Weinstein, öffentlich, dass er solches systematisch zu seinen Gunsten ausnutze, erstatteten im Jahr 2017 Anzeige und lösten damit die MeToo-Bewegung aus, die sich als Schlagwort respektive Hashtag verselbstständigte. Ich habe den Eindruck, dass es bei mir umgekehrt abläuft: Mann ist Frau und der Sex ist die Sexverweigerung."

Rina: „Das ist ja raffiniert ... und der Eindruck kann tatsächlich entstehen. Auch ich war über die geschilderte Unverfrorenheit empört. De facto aber, das muss ich Ihnen als wohlwollende Nachbarin ... und nun, da Sie mich in Ihre Geschichte einbezogen haben, als auch noch Betroffene, in aller Deutlichkeit sagen: Sie verschenken ein Haus. Warum verschenken Sie ein Haus? Warum plustern Sie sich auf, wenn eine von Ihnen stillschweigend erwartete Gegenleistung ausbleibt? Sie sprechen vom Nix, das Sie dafür erhalten haben, und sind darob empört. Ein Geschenk ist solitär, ohne Gegenleistung, sonst wäre es kein Geschenk, es wäre ein Geschäft."

Sagt Peter: „Sie hatte ein Geschäft im Sinn, eine Apanage, eine Versorgung. Gesprochen haben wir aber über Partnerschaft, Zweisamkeit, Liebe, Ehe ... und ich habe auch so gedacht."

Rina: „Sie weichen aus. Die Sprache hat sich in den Gefühlen verheddert ... oder die Gefühle in der Sprache, und der Kopf anderes gedacht, als die Worte es artikulierten."

Sagt Peter: „Die Versorgung hat sie nun, per Vorkasse sozusagen, findet aber trotzdem kein Ende und bleibt ihren Teil des Geschäftes schuldig."

Rina: „Liebster Nachbar Peter. Sie hat ein Geschenk erhalten. Das ist der eine Teil. Im zweiten Teil ist sie, trotz ihres vielleicht weisen Alters, eine infame Schreckschraube und strohdumme Göre geblieben."

Animalisches

Gar nicht Meer nett

Die Scholle ward vom Barsch bedrängt,
der von Hormonen fehlgelenkt.

Er greift ihr voller Sinneslust,
mit Wonne an die linke Brust.

Die Scholle, die das nicht verdaut,
ihm kräftig auf die Kiemen haut.

Es liegen d'rauf sich Barsch und Scholle,
gar arg und heftig in der Wolle.

„Barsch, du hast dich schlecht benommen,
so wirst du mich niemals bekommen!"

Die Scholle daraufhin verspricht:
„Wir sehen uns bald vor Gericht!"

Zur Scholle meint der alte Dorsch:
„Sein Alibi ist ziemlich morsch!"

Der Kabeljau spricht unverdrossen:
„Ich glaub, der braucht was auf die Flossen!"

Selbst der smarte Silberfisch – droht:
„Wenn ich dich noch mal erwisch ...!"

Und kurz darauf die Nordseezunge:
„Ich hau dich auf die Fresse Junge!"

Es meldet sich die Kegelrobbe:
„Hör ich recht, gibt's hier Gekloppe?"

Das Raubein nutzt die Gunst der Stunde
und ist gleich mitten in der Runde.

Da kommt ein Katzenhai herbei
und mischt sich in die Keilerei.

Was hört man da vom Ostseebutt:
„Wat mut, dat mut! Wat mut, dat mut!"

Es raunt der Aal aus dem Aspik:
„Ich verlier den Überblick!"

Vom Nordmeer her keift die Makrele:
„Hört endlich auf mit dem Gegröle!"

Der Hummer denkt: „Sind die nicht dummer,
wecken mich aus meinem Schlummer?!"

Ein Seestern, der meist friedlich ist,
meckert auch: „Wat soll der Mist!"

Am Ende kommt dann noch vom Barsch:
„Ihr könnt mich mal ..., leckt mich am Arsch!"

Hochspannung

Es lädt zum Ball im Rittersaal,
die Mädels ein der Zitteraal.

Nach kurzer Zeit hört man die Klag,
der Kerl hat doch 'nen Mega-Schlag.

Identitätsprobleme

Es schwimmt einher ein Stachelrochen,
sein Name ist „Johannes Jochen".

Der Name ist schon ziemlich übel,
d'rum braucht der Plattfisch einen Kübel.

Luxusgeschöpfe

Der Dornhai hat 'ne Schillerlocke,
die Möwe trägt 'ne rote Socke,

die Schnecke lebt auf großem Fuß
und frisst Salat im Überfluss.

Warum will ...

Warum will ausgerechnet die Forelle
vom Frisör 'ne Dauerwelle?

... die Pinguinin in die Sauna,
entspricht doch gar nicht ihrer Fauna?

... die Henne tanzen auf der Tenne,
wo ich doch g'rad den Tag verpenne?

... die Eule mit dem Schachbrett spielen
und heimlich nach dem Springer schielen?

... die Ente hundert Meter rennen,
obwohl wir ihre Beine kennen?

Warum stürzt sich die Kropfgazelle
mit Kohldampf in die Donauwelle?

Und dann frisst noch die Frau vom Huchen
den selbst geback'nen Käsekuchen!

Die Tochter von der alten Krähe
sucht schon seit Wochen meine Nähe!

Versteh einer die Mädels!?

Eigen artig selbstverständlich

„Jasmin" heißt jetzt der Beutelwolf,
hört nicht mehr auf den Namen Rolf.
(Das war das Ende dieser Tierart)

Die Nonnengans war einst 'ne Nutte,
jetzt trägt sie eine schwarze Kutte.

Das Huhn muss nach dem Eierlegen
bestimmte Körperteile pflegen.

Der Waschbär zieht den Kabeljau
gar oft und gern durch den Kakao.

Der Igel findet Kuscheln nett,
d'rum schmiegt er sich an's Nagelbrett.

Der Seelefant, ein Elefant,
der kürzlich seine Seele fand!

Dass ein Pferd sich vermehrt,
ist biologisch nicht verkehrt!

Mir sin Anescht Tempora

Ein Buch mit jeder Menge **Fantasie, Farben und verrückten Worten.**

Bist du bereit, in eine Welt voller **Mouken**, **Schnuddelhinger** und vieler anderer fantastischer Tiere beizutreten?

Sind sie auch ein bisschen wild? Haben immer ein fokussiertes Auge und hören schon von fern d'Vullen zwitschern. Jede Bewegung eines Nebenmannes hat dein Auge im Blickwinkel?

Dann bist du hier genau richtig!

Auf geht's zum Forschungsuniversum! Ein Buch, von mir erzählt und erlebt. Mit viel Wissen und Neugier hinterfragt. Speziell für **JEDEN MENSCHEN** geschrieben, entziffert und erklärt. Von mir aus können wir auch schon gleich loslegen.

AH, WARTE MAL!

Ich stell mich erst noch vor.

Ich bin Melina, auch gerne mal anders formuliert. Komme gebürtig aus **ESCH ALZETTE.**

Habe eine wunderschöne Tochter und eine Mutter, die mich sehr liebt.

Mehr werdet ihr im Detail nicht erfahren, aber trotzdem auch noch vieles!

Ich wünsche euch viel Spaß beim Lesen und Beitreten meiner **Fantasiewelt.**

Kleiner Wegweiser, dieses Buch ist mit einem Lexikon fast zu verwechseln, aber ich sage nur fast.

Ech presentéieren **d'MOUKEN**

Der Frosch oder auch eng MOUK ist ein sehr aufregendes Tier. Es hüpft fröhlich hin und her und sie gebären sogar Leichen! Ach, Quatsch ... Die Frösche, die laichen. So ist es und aus den Eiern werden dann süße winzige Kaulquappen. Kaulquapp, quapp, quapp ...

Nun aber zur Anatomie eines Frosches. Hast du gut in der Schule im Kurs Science naturelle aufgepasst? Na dann, los gehts, schreibe mir die passenden Worte in die leeren Felder.

Das _____ des Frosches hat 3 Kammern. Er hat ___ Lungenflügel.

Der FROSCH hat sehr schleimige _____. Sie dient zur _____ Aufnahme und zahlreiche Drüsen sind ihr entsetzt.

Manche Frösche sind GIFTIG!!!

Ein Frosch hat ein _____Hirn als ein Fisch. Er hat Augenlider, 2 _____ und einen Kehlkopf. An der Rückseite sind die _____ zu finden.

> kleineres 2 Stimmbänder Sauerstoff Herz Haut Ohren

Giftig!

Aufgepasst, nicht alle Kröten sind zum Schmusen gemacht! Und ihr denkt euch jetzt, ist die bescheuert? „Ich schmuse doch nicht mit Kröten?" Nein, eigentlich weiß ich nicht, warum jeder sich so vor den MOUKEN ekelt. Sie haben einen wunderschönen* Gesang und ihr Hoppeln ist angenehmer als das übliche Springen.

ICH FINDE NICHT NUR die Frösche können gut singen, springen und tanzen. Sondern auch fabelhaft Kinder kriegen. Ihre Leichen sehen fast aus wie kleine Augen, die die Welt erobern wollen. Zusammen halten sie sich ganz fest und werden durch die Geburt getrennt. Aber so ist es nun mal im Tierreich der Frösche.

Ein spannendes Leben, über das ihr mehr erfahren werdet.

Nun komm ich ein wenig zu mir.

Ich bin Melina, stolze **Mama einer Tochter** und **Tochter einer stolzen Mama**.

Für die, die mich noch nicht kennen. Ich bin eine gebürtige Luxemburgerin. Habe aber viele Jahre in Deutschland gelebt. Diese Zeit war eine schöne, aber auch harte Zeit.

Oft wurde ich als Tochter und als Mama alleine gelassen. Doch dies schreckte mich nie ab, das zu tun, was ich mag.

Ich bin ein sehr kreativer Mensch. Kreativ, Mensch, das ist doch gut. Sagte jeder zu mir und sagte, ich wäre gemacht für diese Welt. Doch nur ich glaubte nie an mich und verlor meine Ziele aus dem Auge. Meine Eltern wollten immer nur das Beste für mich. Doch was ist denn das Beste für mich? Ich finde, ich bin gut im Schreiben, Malen, Fotografieren, Tanzen, Singen und Tieren. Ja, Tiere sind meine größte Leidenschaft, ich habe sie schon mein ganzes Leben lang studiert. Ohne irgendwelche Uni gemacht zu haben. Und ich merke, dass ich vergesse, manchmal Pausen einzulegen, während dem ich schreibe, tanze und singe.

Doch Danke an meine Mutter, die mich immer wieder mal darauf hinweist, wie viel Arbeit es ist, Mama zu sein und dann noch einen Job zu absolvieren.

Mein Job ist schon ziemlich interessant. Hat viele Weitspannen im Thema Menschlichkeit, Lebewesen, Medizin und noch vieles mehr.

In Luxemburg nennt man diese Ausbildung AUXILIAIRE DE VIE.

Es ist eine Mischung aus Erzieher und Krankenpfleger. WOW, ich finde, dass diese Ausbildung mir so viele Tore geöffnet hat, die ich nicht mal bemerkt habe. Oder besser gesagt, ich habe die Chance nie genutzt.

Aber ich finde, jetzt ist es an der Zeit, was zu ändern. Ich liebe Luxemburg und ich liebe die ganze Welt. Aber leider hat man als Auxiliaire de Vie und als Mama viel zu tun. Deswegen kann ich leider nicht mit meinem Körper reisen. Sondern bereise meine Welt mit dem Geist. Meine Sinne sind scharf. Wie die einer Katze. Katzen, ja Katzen, die liebe ich über alles! Aber auch Hunde, Bären, Wölfe und alle anderen Tiere. WOW, ich finde, ich schlage mich ziemlich gut, oder?

Meine Idee ist es einfach, eine Tierlexikon-Geschichte meines Lebens zu schreiben. WO man Wörter und Zahlen und Schriften und alle anderen Bilder und Dinge in eins packen und es weitergeben kann, ohne jemandem dafür wehzutun. Ist das nicht der Sinn eines Buches? Teilen? Meine Oma sagte mir immer, dass man teilen muss und Ehrlichkeit das A und O ist, oder ist es ABC?

Ich mache mir so viel Mühe. Doch andauernd werde ich korrigiert. Aber ich muss jetzt bald mit Oma und Cousine essen gehen. Deswegen muss ich mich jetzt gleich auf den Weg machen, mich weniger zu stressen und eins nach dem anderen zu erledigen. Auch wenn ich manchmal meine Fehler korrigieren muss, heißt es nicht, dass ich ein Fehler bin und man mich in der Welt festhalten sollte.

So ich teile jetzt mein Buch „Dreams, ich weiß, was du letzte Nacht geträumt hast" und ein Englisch-Lernbuch mit meiner Familie am Esstisch. Wow, die Zeit war schön. Vielen Dank.

Himmel voll schwarzem Rauch

A. stand auf, nahm langsam ihre Jacke, um nicht gehört zu werden, schob die beiden Flügel des Nylonzeltes beiseite und ging hinaus. Überall tropfte es, vermischt mit dem Morgentau des zu Ende gehenden Maies. Das von Hügeln umringte Tal auf dem hohen Bjeshkqyqe war zur Zuflucht der Bewohner jener Dörfer geworden, die ohne Unterbrechung mit Granaten beschossen wurden. Der Bach, dessen Gurgeln normalerweise von oben zu hören war, hatte seine wahre Stimme verloren. Es schien, als ob er bloß Leid, Angst und Schrecken brachte. Maschinengewehrfeuer, Stöhnen der Alten und Kranken und Plärren der Kinder waren zum alltäglichen Erlebnis geworden. Seit Beginn der letzten Offensive vor einigen Tagen gab es kein Brot mehr im Hochtal. Die Soldaten der UÇK, welche die Bevölkerung bisher mit Lebensmitteln versorgt hatten, hatten sich in ihre Verteidigungspositionen zurückgezogen. Alles war zu viel und unerträglich geworden. Die Bombardements der am Fuße der Bergweide gelegenen Dörfer hatten die Lage noch erschwert.

Die Dunkelheit wich den schwarzen Umrissen des jahrhundertealten Feindes. Der Kreis verengte sich. Das Näherkommen der Schatten war furchteinflößend. Die Kinder drückten sich an die Körper der Mütter, und das Bedecken ihrer verweinten Augen war der einzig mögliche Trost. Bald erfolgte der unabänderliche Befehl: Alle Zelte abbrechen und alle hinauf ins Tal zu den Dörfern am Fuße der Bergweide! Der Weg war nicht weit, aber die Anstrengung groß. Das Tragen der Kranken, Alten und Kinder wurde zur beschwerlichen Last. Wenige konnten helfen, viele verlangten Hilfe.

Auf dem Feld über den Dörfern hielten sie an. Die erschöpften Alten hatten Angst um ihre Enkelkinder und verfluchten das Schicksal, ihr langes Leben und dass sie noch einmal den Krieg mit einem bösen und unbarmherzigen Feind erleben mussten. Das Niederbrennen seines Dorfes erlebte J., der Älteste in ihrer Mitte, nun zum zweiten Mal. Todmüde und atemlos hing er mit beiden Armen in seinen Krücken. Seine zerfetzten Hosen flatterten im Wind.

„O Gott!", hörte man ihn stöhnen. „Wie lange noch wird dieser Besatzer mit uns spielen?"

Die Panzer hatten Aufstellung genommen, ihre Rohre und Maschinengewehre zielten auf die Menge. Die auf den Burgmauern und auf den in der Umgebung gelegenen Häusern postierten Scharfschützen beobachteten jede Bewegung. Der Befehlshaber befahl, dass alle auf dem breiten Hang unterhalb der Burg warten sollten, von wo aus man die umliegenden Dörfer gut überblicken konnte. Die maskierten Soldaten waren bereit, sofort jeden zu erschießen, der sich einem Befehl widersetzte. Aus der Menge wurden die Männer hervorgeholt, darunter wieder jene mit Filzmützen extra selektiert.

„Wie heißt du, Tattergreis?", schrie der Kommandant, während er mit der linken Hand den Lauf seiner Kalaschnikow rieb.

„Gjon Gurashi. Aber ich bin kein Tattergreis, ich bin ein Mensch und auf meinem Hof", antwortete er kaltblütig.

„Ah, ich verstehe, auch die Affen sehen manchmal wie Menschen aus. Wo in aller Welt hast du einen Albaner gesehen, der ein Mensch sein sollte? Alle sind sie Affen", drehte er sich mit erhobenem Ton zu ihm um, während seine Stimme vor Wut zitterte, weil es jemand wagte, ihm zu widerreden. Schweiß strömte über sein Gesicht, der Schnurrbart hing über seine wie von Vogelmist besprengten Lippen. Zwei Soldaten ergriffen den Alten an beiden Armen und schleiften ihn hinter sich her. Frauen und Kinder schrien auf. Eine der Frauen in der Nähe lief zum Alten, doch ein Schlag vom Polizisten streckte sie zu Boden. Daraufhin sprangen andere zu Hilfe. Das Rattern des Maschinengewehrs stoppte die Menge.

„Affen sind jene, die sich schlecht benehmen, den Menschen nicht respektieren, Häuser verbrennen, Kinder töten, Frauen und Männer vergewaltigen. Das sind Aff...“

Der Polizeikommandant ergriff ihn an der Brust und unterbrach seine Worte. Die Halskette mit dem Kreuz riss und fiel auf den Boden. Der Glanz des Goldes in der müden Nachmittagssonne blendete dem Polizisten die Augen. Er stieß den Alten beiseite und hob die Goldkette auf.

„Was ist das? Gold, oder?“ Er steckte sie in Diebeseile in die Hosentasche, wobei das Kreuz außen an der von Dreck befleckten Uniform hängenblieb.

„Wolltest uns wohl mit dem Kreuz übers Ohr hauen, was, Tattergreis? Aber man kann uns nicht so leicht betrügen. Von wem hast du es? Wem hast du es gestohlen, Tattergreis?“, ließ er seinen Ärger an dem von zwei Polizisten an den Armen festgehaltenen Alten aus und erhob die Hand, um ihn zu schlagen.

„Das Kreuz habe ich von meiner Mutter zur Erstkommunion bekommen, als ich sieben Jahre alt war. Ich bin weder Räuber noch Tattergreis.“

„Hahaha!“, lachte der Polizeikommandant mit dem Gesicht zur Sonne. Speichel lief ihm aus dem Mund und über seinen halb ergrauten Bart. „Wer sonst noch Goldsachen, Ketten, Ohrringe, Armbänder und Ringe hat, soll hervortreten. Falls jemand ungemeldet damit angetroffen wird, werden ihm Finger, Hände, Ohren oder Hals abgeschnitten.“

Scharf wandte er sich wieder dem Alten zu: „He, Tattergreis! Mutter, Mutter, jebemti nanu i babu i sve zivo. Wo ist die Moschee, in der du ...“

„Dort drüben ist meine Kirche, jenseits des Tals.“

„Wen belügst du, Tattergreis! Das ist eine serbische Kirche und keine Moschee!“

„Ich bin kein Tattergreis. Das ist meine Kirche. Dort bin ich zur Erstkommunion gegangen und habe das Kreuz bekommen, das Ihr mir geraubt habt. Mich könnt ihr töten, doch das Kreuz gebt Ihr mir zurück. Ich habe es von meiner Mutter und habe es noch nie abgenommen."

In diesem Augenblick erklang die Glocke. Ihr Läuten füllte das Tal mit einem bedrückenden Echo.

Gjon wollte sich nach drüben wenden, um sich ein letztes Mal zu bekreuzigen, aber die Hände versagten ihm. Als sie ihn wegschleiften, sah man nur seine halb ausgezogene Jacke und dann hörte man hinter dem dichten Dornenbusch eine Maschinengewehrsalve und das Davonfliegen der erschreckten Tauben am Himmel voll schwarzem Rauch.

„Und du, alter Tattergreis! Wo hast du deine Goldkette mit dem gestohlenen Kreuz?", wandte sich der Kommandant zornig an den alten Amrush mit dem weißen breiten Schal um seinen Kopf, wo nur die weiße Spitze seiner Filzmütze hervorschimmerte.

„Ich habe weder eine Goldkette noch ein Kreuz. Ihr seid Räuber und Mörder ..."

Ein harter Schlag unterbrach ihm das Wort. Blut rann von den aufgeschlagenen Lippen.

„Rede, Tattergreis! Rede oder geh auch du dorthin in den Mist." Der Kommandant zeigte mit der Hand in Gjons Richtung.

Der Schlag und die Wut belebten die Seele im Körper des Dreiundneunzigjährigen. Er öffnete die Augen und sah wie durch einen Schleier den grau melierten, mit Speichel gesprenkelten Bart des Kommandanten. Kalte Schauder liefen ihm den Rücken hinunter. Er holte tief Luft, und als alle auf seine Worte warteten, spuckte er in das Gesicht des Kommandanten. Beschämt von der Erniedrigung, wischte sich der Verbrecher mit dem linken Ellbogen ab, während er mit der rechten Faust erbarmungslos auf den Alten eindrosch.

„Fasst ihn!", brüllte er, und mit dem Revolver in der Hand begleitete er die beiden Polizisten, die den bewusstlosen Alten ein paar Schritte weit trugen.

Als er ihn erschoss, rief er: „Svi ovako, svi qemo ubiti, govno. Ova zemla qe da bude çista od govno i majmune (Wir werden euch alle töten, ihr Stück Scheiße! Diese Erde wird von der Scheiße gesäubert, und von den Affen!)."

Der östliche Berghang, in dessen Schoße vier Dörfer lebten, hatte noch nie so viele Menschen gesehen, noch nie so viele Kinder- und Mütterklagen vernommen, noch nie ein solches Grauen, eine solche Erniedrigung erlebt.

Mit militärischem Schritt und nach hinten verschränkten Händen marschierte der erzürnte Polizeikommandant hin und her und stampfte mit seinen Stiefeln auf das mit Eselsdistel vermischte Gras. Er wurde von zwei maskierten Soldaten begleitet, die bereit waren, jederzeit ohne Zögern zu schießen. Er verlangsamte seinen Schritt und begann, jeden aus der Nähe zu betrachten. Wie erstarrt standen die Dorfbewohner mit zerfurchten, unrasierten Gesichtern, gekrümmt vom harten Hochlandleben in Nylonzelten. Sie reagierten nicht auf die Provokationen, alle hatten sie Angst um die Kinder, das bevorzugte Ziel des blutrünstigen Wüterichs.

„Und du, alter Knacker, warum hast du deinen Schnurrbart nicht ein wenig gekürzt? Wozu hast du überhaupt einen? Den werden wir dir stutzen, verstanden!"

Der Alte sah ihn verächtlich an, sagte aber nichts. „Mit mir können sie machen, was sie wollen", dachte er. „Aber die Kinder. Die sollen wenigstens gerettet werden. O Gott! Wenn sie gerettet werden, wird die Kulla, unser Wehrhaus, wiederauferstehen."

Verwirrt durch den gleichgültigen Blick, wischte sich der Kommandant das Gesicht mit dem Ärmel ab. „Alle drei Schritte zurück, Hände auf den Kopf, mit dem Gesicht zum Zaun!", befahl er, nun etwas ruhiger.

Aus der Menge hörte man Stöhnen und Kinderweinen. Der anbrechende Abend verlieh dem Licht der Flammen, welche die Hausdächer, Ställe und Scheunen sowie die Zäune, Heu- und Maisvorräte und alles, was Arbeit und Zeit in sich wahrte, erfasst hatten, einen besonderen Glanz. Das Knistern des Feuers war nun immer lauter zu hören, die Erde zitterte unter den Füßen. Der schwarze Rauch zusammen mit der erdrückenden Luft wirbelte herum und bildete Rauchschwaden im beginnenden Abendhimmel. Das halbverbrannte Holz schmolz im Feuerbecken des räuberischen und mörderischen Ungetüms.

Die Bewegungen der beiden Panzer erzeugten einen Lärm, der im Zwielicht der Dämmerung weithin gehört werden konnte. Es schien, als wagten sie es nicht, sich von den umzingelten Menschen zu entfernen, vor deren Augen das Feuer die Häuser und alles andere verschlang. Der Bewegungsspielraum der Soldaten und ihrer Maschinerie war von der Menge der Dorfbewohner abhängig geworden, und jede Verkleinerung hätte die Bombardierung durch die Flugzeuge der NATO bedeuten können. Auch wenn man ihnen befohlen hätte, auf die Menge zu schießen, wäre es ihnen schwergefallen, den Befehl auszuführen, denn das wäre einem Selbstmord gleichgekommen. Und das in einem Krieg, den sie nicht zu verlieren wagten. „Das wäre der größte Verrat an Lazar, seiner Seele oben im Himmel, ohne die keiner von uns leben könnte. Es wäre ein schändliches Ende für uns alle. Allein dieser Gedanke macht einen am helllichten Tag verrückt." So lautete das Geheiß ihres Präsidenten, welches den Kommandanten und seine Soldaten darin bestärkte, mit der unvollendeten jahrhundertelangen Mission fortzufahren.

Ihre Dickköpfigkeit erlaubte ihnen nicht, die Wirklichkeit der Niederlage zu begreifen. Sie hatten nicht erwartet, dass ihr Leben vom Leben ihrer Opfer abhängig werden würde. Falls der eine starb, starb auch der andere, oder besser gesagt: falls die Beute starb, starb auch der Jäger. So hatte sich das Kräfteverhältnis im Krieg verschoben. Der drohende Tod machte sie gleich, da beide zusammen sterben würden. Und das kann das Ego des Jägers niemals akzeptieren. Wie starb man denn zusammen mit der Beute, die zu töten man geboren war? Sie wuchsen in diesem Sinne auf, erhoben ihre blutgefüllten Becher seit ihrer Ankunft südlich der Donau. Die Schädel ihrer Beute bewahrten sie sorgsam als geschätzte Trophäen und zu ihrem eigenen Ruhm auf und steckten sie nicht selten oben am Eingang der Umzäunungen auf, damit man sie schon von weitem sehen konnte. So verlangte es der kannibalische Charakter. Auf diese Weise eroberten sie Pllana, Nisus, Toplica, Vranja, Uglar und Medvegja. Und heute gemeinsam mit der Beute zu sterben oder sogar vor ihr, das hätte weder Sinn noch Logik. Das wäre gegen ihre Version der Naturgesetze und gegen ihre selbstverständliche Bewunderung für den Bluttäter. Doch alles ist Natur und geschieht gemäß ihren Gesetzen.

Jetzt war keine Zeit mehr für Erinnerungen oder Anklagen. Es war der letzte Augenblick für alle gekommen. Aber keiner hatte ihn sich so zerstörerisch und erniedrigend vorgestellt. Die Wehrhäuser waren schon oft verbrannt worden. Sie allein wussten von jahrhundertelanger Grausamkeit zu erzählen, eingeschrieben in ihre Steine wie in die Seiten eines Buches.

Shpend Gurxixa, der mitten in der Menge an einen Baumstock gelehnt stand, war neunzig Jahre alt. Für ihn war es das zweite Mal, dass das Dorf zusammen mit seiner Kulla niedergebrannt wurde. Beim ersten Mal war kein einziges Haus vom Feuer verschont worden. Nur Gott allein wusste, wie und wann sie ihre Häuser wieder aufgebaut hatten. Die meisten Männer des Dorfes waren erschossen worden, die Frauen und Kinder vergewaltigt und gedemütigt. Das Dorf war fast völlig zerstört worden, nur das Glück hatte es gerettet. Doch heute, wie würde es heute ausgehen? Würden alle gerettet oder sterben? Nur Gott allein wusste es.

„Wie wird dieses Feuer nicht müde, unsere Häuser, unsere Hoffnungen zu verbrennen? Darf man Hoffnungen verbrennen, o Unmensch? Deine Hand ist zu kurz, zu böse und zu schwach, um das Nest auf der Eichenspitze zu erreichen. Ihr Feind bleibt für immer in Unverständnis und Fatalität gefangen", murmelte der weißbärtige Alte mit tränenvollen Augen. Der Schweiß glänzte in seinem bleichen Antlitz und schuf ein großartiges Porträt neben dem alten Baumstamm. „Von dem, was wir besaßen, blieben uns nur die nackte Haut und die Gräber. Wir erhoben uns immer wieder und errichteten unsere Wehrhäuser von Neuem. Nie haben wir daran gezweifelt, dass sie sie uns wieder anzünden würden. Nie haben wir daran gezweifelt, dass wir sie wieder errichten würden, noch fester als vorher. Angesichts der Hoffnung auf Wiederbelebung ist jedes Feuer nur ein Funke im Meer. Wo es Gräber gibt, gibt es auch Auferstehung. Bewacht die Gräber! Sobald sie verschwinden, bedeutet es euer Ende! Über die Toten spricht der Mensch am meisten. Ich breche jetzt zur anderen Seite auf." Die Worte des Alten blieben in der mit Todesangst getränkten Erinnerung. A... schloss ihm die Augen in der mit Furcht erfüllten Stille.

Ein Rauschen aus dem Westen war in der Luft zu hören und wurde von den Blicken der Menge nach oben erwidert. Die Hoffnung, dass die NATO zuschlagen werde, bevor das Gemetzel mit Feuer und Bajonetten gemäß der Art der serbischen Mörder stattfand, lebte also. Die Blicke hielten beim Kulla-Bach, wo eine starke Explosion erfolgte, die den Boden unter den Füßen erzittern ließ. Das Tal wurde von den blendenden Blitzen weiterer Explosionen erleuchtet und mit Flammen und Rauch bedeckt. Die Rakete schlug genau im Posten ein. Der Bach auf dem Berghang, eine strategische Position, war immer schon ein Ort der Angst und des Schreckens gewesen. Gewaltige Reflektoren bewachten Tag und Nacht die Panzer und das Munitionslager, welches irgendwann einmal dort errichtet worden war.

Das Gesicht des Kommandanten erblich, als er die sich wiederholenden Explosionen beim Kulla-Bach sah. Als es schien, es sei die letzte gewesen, hörte man eine noch größere, begleitet von kleineren. Es gab keinen Zweifel mehr: Das Depot zusammen mit seinen Freunden war dem Krieg zum Opfer gefallen und nun Teil der wertlosen Asche. Während er in solche Gedanken versunken war, tröstete er sich damit, dass er glücklicherweise nicht zur schwarzen Asche zählte. Rasend vor Zorn gab er den Befehl, alle Männer zu fesseln. Er selbst nahm auf dem verrosteten Anhänger Platz, dessen Räder halb mit Dreck beschmiert waren.

„Hört her! Wer von euch Serbisch versteht, soll sich sofort melden!", schrie er aus vollem Hals.

Die Dorfbewohner sahen einander erstaunt an. Wer würde es wagen, hervorzutreten und für diesen abstoßenden Menschen zu arbeiten?

„Sprecht oder ihr werdet erschossen! Ihr habt zwei Minuten Zeit!"

Schweigen, Angst, Stöhnen der Mütter und Weinen der Kinder. Aus der Mitte der Menge trat der Bauer N. hervor, großgewachsen, mit abgerissener Mütze und einem Schal um den Hals. Alle wussten, dass er lange Zeit als Lastenträger in einer Stadt an der Donau gearbeitet hatte. Langsam näherte er sich dem Kommandanten und sagte mit halber Stimme:

„Ich verstehe und spreche Serbisch. Ich kann Ihnen helfen."

Die Menge schien sich von der Beklemmung zu befreien.

„Du wirst genau übersetzen, was ich sage. Verstehst du? Oder es ist dein Ende", drohte ihm der Kommandant, wobei er auf den einige Meter entfernt liegenden, leblosen Körper des alten Amrush zeigte.

„Hört mir gut zu", begann er zitternd seine Rede. „Die da oben, die unser Land bombardieren, töten unschuldige Menschen, werfen Bomben auf die Städte. Es sind eure Freunde, die euch all diese Leiden zufügen. Wir hingegen sind eure Retter. Wir töten euch nicht. Wir töten nur unsere Feinde, und die sind auch eure Feinde. Sie sind für euer Unglück verantwortlich. Sie sind es, die euch töten." Dabei zeigte er mit der Hand in den Himmel, der sich jede Minute verfinsterte. „Da, seht eure Höfe. Wir haben euch jeweils einen Stall gelassen, damit ihr dort Unterschlupf finden könnt. Dort werdet ihr einander kennen lernen, euch vertragen oder gegenseitig töten, worauf ihr euch ja so gut versteht."

Er machte einen Schritt zurück und sprang vom verrosteten Anhänger. Die Menge schien aufzuatmen, bevor sich eine noch größere Furcht auf sie legte. Es war nicht das erste Mal, dass sich der Serbe zwar mit Worten sanft gezeigt hatte, aber im nächsten Moment sofort mit aller Wildheit über die Leute hergefallen war.

„Wir werden gewinnen und wieder hierher zurückkehren", sprach er mit einer noch mächtigeren Stimme weiter. „Bis dahin werdet ihr euch überall an uns erinnern, auf den Feldern, in den Zimmern, beim Feiern und im Schmerz. Wir sind des Himmels. Dort oben wohnen wir." Und er zeigte mit der Hand gen Himmel. „Dort lebt unser Lazar ohne Kopf. Wir sind seiner Art, wir leben auch ohne Kopf, aber mit dem Herzen hier." Und er zeigte mit der Hand auf den Boden unter den Füßen.

N., müde vom schnellen Übersetzen und voller Angst, begann, die Worte bis zum Stammeln durcheinanderzubringen. Das ließ an seiner Übersetzung zweifeln.

„Was stotterst du herum, du Stück Scheiße? Übersetze!"

N. riss sich zusammen und übersetzte kaltblütig die Rede des Kommandanten, vor sich die Maschinengewehre, die vorhin Gjon ermordet hatten.

Zwei Polizisten eilten vom Berghang her Richtung Menge. Dem Kommandanten blieben die Worte im Halse stecken. Er gab seinen Begleitern ein Zeichen mit der Hand, und sie wandten sich gemeinsam den heraneilenden Polizisten zu. Als sie angekommen waren, löste sich der Kommandant von seinen Begleitern und begrüßte sie. Die blaue Farbe ihrer von Glut, Mist, Staub und Schmutz geschwärzten Uniformen war kaum zu erkennen, ebenso wenig wie der Adler mit den vier Feuerstäben, der dafür bekannt ist, sofort und ohne Grund zu töten. Sie flüsterten einige Minuten miteinander und trennten sich am Ende mit einer Verzweiflung, die ihnen ins Gesicht und in den Gang geschrieben war.

Auf dem Hang waren die Lichter von zwei Panzerwagen zu sehen, die schnell die kurvenreiche Bergstraße hinunterfuhren, welche sich in das unsichtbare Tal Richtung Kodra Rrëzëbjeshke ergoss, in dem einige Dörfer lagen. Die unlängst erbaute Moschee hatte nur ein halbes Minarett und war von allerlei Granaten durchlöchert. Als die Panzerwagen die Straße zum Dorf erreichten, wurden ihre Lichter an den Mauern und Rauchfängen reflektiert, über denen der dünne Rauch von dem noch immer brennenden Holz schwebte.

Dem Kommandanten blieben nochmals die Worte im Halse stecken, als einer der mit Sträuchern getarnten Panzerwagen stehen blieb. Er grüßte die Soldaten von Weitem und ging zu ihnen, wobei er seinen Begleitern mit der Hand zu verstehen gab, ihm zu folgen. Ihr Unglück vergrößerte sich. Das war an ihrem ungewöhnlichen Gang abzulesen. Zwei Lastwagen, vollgeladen mit Männern, lärmten ohne Licht die Straße hinunter, obwohl die Dämmerung gefallen war. Der vom Berghang herunterrollenden Panzerkolonne schlossen sich andere Panzer an, die aus den Scheunen, zerstörten Häusern und Schulen hervorkrochen, wo sie sich versteckt gehalten hatten. Wer hätte geglaubt, dass es so viele zum Töten bereite Panzer, Panzerwagen und Lastwagen gab?

A. war von ihrem Tagebuch überrascht. Ihr schien es, als ob sie es nicht selbst geschrieben hätte. „Ich werde es veröffentlichen", dachte sie, und zwei Tränen liefen ihr die Wangen hinunter und nässten die Marmorplatte in der hundertdreiundsiebzigsten Reihe des Totenregisters.

Hazir Mehmeti, Wien

Gedichte

Das Dreieck und das Viereck

Das Dreieck spricht: Ich bin das As
bei G. Grass und bei Pythagoras
Ich hab nichts zu verstecken
in meinen flachen Ecken
Hab manchmal gleiche
Schenkel und Seiten
bin zu beneiden
Drum weiche!
Wer bist Du
schon?
Ha!

Das Viereck sagt: Ach, schweig, du Geck!
Du bist wie jedes and're Eck, willst Dich hi
nter Getöns verstecken, dabei hast Du die
wenigsten Ecken! Mit einem 2-Eck kann se
lbst Euklid nicht dienen: Du bist schon auf
den untersten Schienen! Und wenn's Dir sc
hon um Pythis Gleichung geht, bedenke do
ch, dass sie aus Quadraten besteht. Ein Qu
adrat ist des Vierecks höchste Potenz – Wa
s ist dagegen Deine inferiore Existenz! Ich
zieh es drum vor, Dich anzuschweigen, 'ne
m Toren kann man nichts Kluges aufzeigen
– Dreieck, bleib bei Deinen Winkeln, Tschü
ss, mach's gut, ich geh' mal pinkeln ...

(Und weil das Viereck fortan schwieg,
verbucht das Dreieck dies als Sieg)

[ganz heimlich sprach zu sich ein Kreis:
Mein Gott, was ist das für ein „...“!]

Morgensterns Problem

In einem Traum besucht mich gern
der Dichter Christian Morgenstern
zum Fachgespräch unter Kollegen
– doch dies meist nur des Reimes wegen.

Das tut des Öft'ren mich verdrießen ...
– Ich hab' ihn gestern abgewiesen:

„Du suchst 'nen Reim auf *Nasobem*?
Das ist nun wirklich D e i n Problem!
Dein Reimzwang interessiert mich nicht!
– Und dies ist schließlich m e i n Gedicht!!!
Und außerdem: auch noch m e i n Traum!“

Da wird er bleich, er glaubt es kaum
und wendet sich abrupt zum Geh'n,
ohne sich nochmals umzudreh'n.

Seitdem erscheint der Morgenstern
in meinem Traum nicht mehr so gern.

Schiller und Goethe

„Zeit wird's, dass ich den Schiller töte!"
so sprach zu sich der Killer Goethe,
„dass den Rivalen ich vernichte ...!"

Doch nun merkt auf, was ich berichte:

Tja, jener Schiller, der hieß Erhard,
und der Herr Goethe war ein Gerhard.
– Kein Fall für Lit'raturgeschichte!

En passant ...

Die meisten meiner Werke
entstehen en passant.
Ja, das ist meine Stärke:
ganz locker, nonchalant.
Das gilt speziell für dieses.
Nun, lieber Leser, lies es ...

Dichten

Auch wenn ihr's glaubt. Mitnichten
lässt sich das leicht verrichten.
Lasst die Gedanken keimen,
es muss sich nicht mal reimen,
doch man muss verdichten.
Darauf darf man nicht verzichten.

Ist man bloß mit Reimen rührig,
ist das allein noch keine Lyrik.

Manche dieser Sonntagsdichter
sind für mich nur Bösewichter:
Bau'n eine Welt aus Lug und Schleim,
verschönern sie mit schwülem Reim,
malen sie gern rosarosa.
So ist sie nicht,
ist kein Gedicht
und meistens nicht mal Prosa.

Materie und Energie

Man nennt mich schlicht „Materie",
doch bin ich „Energie"
(denn E = m x c^2 –
Ja das vergesst mal nie!).

Ich bin als „Energie" bekannt,
als Welle und auch Strahl,
doch kann ich auch ein Teilchen sein,
und ich bin überall.

Als Teilchen der Materie
Bin ich recht ungenau,
bin gradezu „verschwommen"
– jetzt werdet daraus schlau!?

Als Quant, da kann ich beides sein:
Ein Teilchen und auch Welle
– und bin nicht hier und auch nicht da,
hab' keine feste Stelle.

Ich bin mal dies, ich bin mal das,
kann jeweils „übergehen".
Ich bin alles und auch nichts:
Ihr werdet's nie verstehen ...

Raum und Zeit

Einst sprach der Raum zur Zeit:
„I c h bin hoch, lang und breit!
D u hast nur **eine** Dimension
– was ist das schon?
Wirst Du jemals gescheit?"

Drauf sprach die Zeit zum Raum:
„Wohl kaum, mein Sohn, wohl kaum …
Doch aus mir wird die Ewigkeit,
und Du bist nur ein Traum."

Da schwieg der Raum fortan,
während die Zeit verrann …

(Da kommt daher Herr Einstein
und sagt: Ihr könntet eins sein
– ein Raumzeitkontinuum!
Nun schauen beide dumm …)

Eine nicht ganz „legale"
Geschichtsbetrachtung

Am Strand rollten die Wellen spielerisch aus. Nur wenige Meter in Richtung der brodelnden Tiefe, dort, wo sich kleine Sandbänke gebildet hatten, dort kochte das unruhige Meer. Kleine weiße Schaumkämme gierten, soweit der Blick über das Wasser bis zum messerscharfen Schnitt am Horizont reichte. Der Widerhall der kleinen Brandung, das Rauschen der Wellen, und der monotone gelegentliche Aufschrei hungriger Möwen tauchten das Szenario in die moderne, wellnessfähige Option der Ruhe und Entspannung, die der Mensch gelegentlich im Trubel der natürlichen Überordnung seiner Natur noch findet und sogar genießerisch einwirken lassen kann. Ich konnte das. Während meine Gedanken vorauseilten, schlenderte ich den breiten Sandstrand entlang in Richtung Peenemünde. Der frische Kiefernduft des unmittelbar hinter der Düne beginnenden Waldes schwängerte die Seeluft und erzeugte das jauchzende Gefühl, pure Gesundheit zu pumpen. Vom Salz spürte man wenig. Vielleicht vor Tausenden von Jahren, als die Ostsee noch viel, viel salzhaltiger und sehr jung war, hätte man diese Therapie auch genießen können. Unabhängig davon, ich war zufrieden. Der Strandsand wurde feiner und wirkte verfestigter. In kleinen ausgespülten Sandmulden häuften sich Unmengen der einst planktonfressenden Schalentiere – der Muscheln. Der bizarre Rest, den das Meer den hungrigen Möwen anspülte, lag wie von Künstlerhand gestreut in bunter Schlichtheit und wartete auf den im Sammlereifer nach besonders schönen Exemplaren gierenden Urlauber. Wobei ich mich schon sehr nahe an der Sperrzone befand, die Urlaubern und auch anderen menschlichen Zweibeinern das Weitergehen verwehrte. Munitionsbehaftetes Gelände, stand auf einem Schild. Ein metallener Drahtzaun sperrte den Weg. Dahinter verfiel der Strand in verwachsenes Gelände, in Urwüchsigkeit. Mein fragender Blick glitt dem rostigen Hindernis entlang. Kurz vor dem Ansatz des Dünenwaldes klaffte eine große Öffnung im Hindernis zur Vergangenheit. Kein Schild, nur ein stark ausgetretener Weg, der die Freiheit des Durchganges optisch bekräftigte, zeugte von der Offenheit, die hier nicht nur zur Schau getragen, sondern wohl auch geduldet schien. Die Neugierde besiegte die Unvernunft und ich trat ein in eine verwehrte Vergangenheit vor Ort, in ein Gebiet, das bis heute geschichtlich zwiespältig betrachtet und ebenso benutzt wird. Der breite Strand zeigte sich verwachsen und das Seegras verzweigte sein Wurzelwerk fast bis an das Ufer. Zwischen diesen urwüchsigen Gewächsen hingen Büschel von angespültem und verdorrtem Seetang. Stellenweise erwuchsen daraus bereits kleine Hügel. Ein Paradies für die Seevögel, Brutplätze anzulegen.

Hier fuhren keine Traktoren und zogen Eggen zum Kultivieren durch den Sand. Hier war Endstation, für Körperkultur und Sport, für Erholung und Freizeit. Hier tickte die Zeit, wie vor siebzig Jahren – sie war stehen geblieben.

Der Strand wurde schmaler und im Kiefernwald reckte sich vereinzelt Blattwerk von Buchen und Eichen. Die meist noch jungen Bäume streckten ihre verzweigten, knorrigen Äste zwischen dem monotonen Grün der Kiefern. Plötzlich glaubte ich, das dumpfe Donnern von Granateinschlägen zu hören. Der breite ausgetretene Weg bebte. Zwischen den Bäumen des Waldes klafften riesige verwachsene Wunden. Ein Bombentrichter neben dem anderen. Aus den dunklen Löchern wuchsen Birken, Gestrüpp oder schon kräftige Kiefern, die mit ihren ausladenden Ästen die verbrecherische Schändung der Natur zu decken versuchten. Am Grund der teilweise bis drei vier Meter tiefen Trichter glänzte die traurige Oberfläche – Brackwassers, das der Wald sammelte und festhielt. Die gerissenen

Wunden an den Rinden der Stämme und dem Geäst waren geheilt, neue Bäume gewachsen und die Zeit mehrfach überholt. Die frivole Tat galt allerdings nicht der unschuldigen Natur, nein, die als „Operation Hydra" geplante und sorgfältig vorbereitete Bombardierung und in der Nacht vom 17. zum 18. August 1943 auch ausgeführte Tat sollte vornehmlich das menschliche Personal, dessen Schlaf- und Wohnquartiere im militärischen Sperrgebiet von Peenemünde beseitigen. Die RAF hatte zur Tarnung und Irreführung der deutschen Luftraumverteidigung mehrere Scheinangriffe nach Großberlin, der Reichshauptstadt, fliegen lassen und dabei immer einen Kurs der Bomber über Peenemünde gehalten. Dann, in jener Nacht um 23:09 ertönten die Sirenen in Peenemünde. Wie in den Nächten vorher glaubten die Wachen an einen Scheinangriff. Abfangjäger der Luftwaffe wurden sofort für die Verteidigung Berlins zum Einsatz gebracht. Doch dann markierten RAF-Pfadfinderflugzeuge um die Heeresversuchsanstalt herum das Angriffsziel und acht Minuten später überflogen 227 Bomber der ersten Welle die Wohnunterkünfte der Wissenschaftler in Karlshagen. Das eigentliche Ziel wurde durch Markierungsfehler der Pfadfinder stark verfehlt. Fast ein Drittel des mörderischen Bombenteppichs traf die Arbeiterunterkünfte der KZ-Häftlingslager Trassenheide 1 und Trassenheide 2, welche zwischen den Ortschaften Karlshagen und Trassenheide lagen. Dabei verloren 612 Häftlinge und auch Bewachungsmannschaften ihr Leben. Über einhundert Wissenschaftler und Angestellte in den Wohnunterkünften Karlshagen kamen bei dem Bombenabwurf um ihr Leben. Ein Wernher von Braun konnte sich in einen Bunker retten. Die zweite Welle mit 113 Maschinen sollte die Produktionsanlagen in den großen Hallen zerstören. Und schließlich die dritte Welle mit 180 Maschinen galt dem Entwicklungswerk. In Summe warfen die RAF-Piloten 1874 Tonnen Spreng- und Brandbomben in jener Nacht ab und viele von ihnen trafen den Dünenwald der Nordostküste Usedoms. Beeindruckend der zerfurchte und gelöcherte Waldboden. Wer sich hier zu dieser Zeit aufhielt, wurde ein Opfer des Zufalls. Kein Opfer des Zufalls waren 42 Bomber der RAF. Etwa 30 deutsche Abfangjäger starteten in die Vollmondnacht und schossen die Bomber mit ihren Besatzungen herunter, bevor sie ihre terroristische Bluttat nach ihrer Rückkehr hätten feiern können.

Mich schauderte. Soviel ich wusste, mahnte seit dem 8. Mai 1970 jeden in Richtung Karlshagen fahrenden Urlauber eine Mahn- und Gedenkstätte. Auf dem dortigen Friedhof befinden sich Gräber namentlich bekannter Opfer der Fliegerangriffe von Peenemünde und Karlshagen sowie auch eine Stele für die in Summe getöteten 2000 Menschen, die in Folge der Terrorangriffe der Bomber, einschließlich des größeren Angriffs im Juli 1944, ihr Leben einbüßten. Unter den Opfern befanden sich, wie zu erwarten, natürlich auch Einheimische, Frauen und Kinder.

Der Strand war in ein grünes Meer von sattem Seegras übergegangen und die mit weißen Häubchen gekrönten Wellen spülten inzwischen weit ab vor diesem grünen Teppich an. Vereinzelt wuchsen Buchen in diesem satten Grün und bekundeten: So sahen vor Hunderten von Jahren noch die urwüchsigen Strände tatsächlich aus. Als die ersten Wissenschaftler und Techniker in Peenemünde anreisten und hier die in Kummersdorf bei Berlin begonnenen Forschungsarbeiten an neuartigen Antriebsaggregaten für Raketen fortsetzten, wurden sie zunächst zu Jägern. Auf der Greifswalder Oi empfingen sie neugierige Kaninchen und unzählige Fasanen, die dort seit Jahrzehnten unbekümmert und ohne Feinde der Vermehrung huldigten. Das Sperrgebiet im Norden der Insel Usedom musste in den letzten Jahren ebenfalls zum idealen Lebensraum einzelner Wildarten geworden sein. Noch aber raschelte nichts im Dickicht und in der Tiefe des zerfurchten und gelöcherten Waldes, der sich plötzlich lichtete. Ich hatte die Nordostspitze der Insel erreicht. Im Seegras ragten braun angerostete Reste von röhrenartigen Körpern hervor, die man hier, so wie sie vom Himmel gefallen waren, hatte liegen gelassen. Dann glitt mein Blick nach vorn, dort wo das Meer die Spitze Usedoms zu umrunden begann. Welch eine Schönheit lag dicht vor der Küste im blau-grauen Wellenmeer und von der Sonne beleuchtet, so dass sich ihre Konturen so scharf und greifbar nahe zwischen Himmelsblau und Meeresgrau absetzten. Der Maler würde halb ohnmächtig zur Staffelei greifen und der Fotograf die untrügerischen Momente der Naturschönheit sofort einfangen wollen. Der Blick hinüber zur Insel Ruden, die langgestreckt, fast greifbar zwischen den dahinziehenden Wellen sich dem Betrachter bot, schien unrealistisch, fast künstlich vor diese fantastische Küste gesetzt. Keine Hotelburgen oder sich aneinanderreihenden Ferienquartiere säumten die Küste oder versperrten den freien Blick. Hinter dem Ruden zeichnete sich die ferne Küste, zum Teil steil aufragend, der Insel Rügen ab. Die Weite dorthin begrenzte die Zufahrt zum Greifswalder Bodden. Alles schien so vertraut und doch war dieser Blick völlig neu. Linker Hand zog sich eine Betonbahn in südliche Richtung. Abrupt endete sie am Norduferund in direkter verlängerter Linie tauchten im Meer Betonklötze mit in die Lüfte ragenden Drähten auf. Messpunkte der Flugsicherung jüngst zurückliegender Militärgeschichte. Nichts, aber auch gar nichts war aus der Forschungszeit der Heeresversuchsanstalt übriggeblieben – von den Forschungswundern der Nationalsozialisten hier vor Ort. Selbst die Abschussrampen der „Fieseler Fi 103", des ersten Marschflugkörpers der Welt, waren von den Sowjets demontiert worden. Überall konnten Geheimnisse der Wissenschaft verborgen sein. Das Areal, welches sich heute dem neugierigen, eingeschüchterten und feind-orientierten Besucher bietet, ist entnazifiziert, beutefrei und bietet einen zum Teil verwahrlosten, der Zeit hinterherhinkenden Eindruck, der an der Wertigkeit der Forschungsergebnisse an diesem historisch enorm bedeutungsvollen Ort keinen Zweifel lässt. Gewollt oder ungewollt? Beeindruckend die Schönheit der Natur. Allein die Tatsache des eingeschränkten Zutritts zu diesem einzigartigen

Areal bewahrt die Zeit der Vergangenheit, der Schönheit unserer Heimat auch an verbotenen und heute noch dem Bürger nicht frei zugänglichen Orten, die aufgrund ihrer Abgelegenheit schon damals für besondere Verwendung gedacht waren.

Ich hatte kehrt gemacht, um zum Ausgangspunkt meiner kleinen Geschichtswanderung zurückzugehen. In den Lüften zogen zwei Kormorane ihre Runden. Irgendwo im Hinterland des Sperrgebietes mussten sie ansässig sein. Immer häufiger traf man diese Tiere an und am Achterwasser der Insel Usedom gab es bereits große Gebiete, in welchen die Bäume und Sträucher kahl, das Grün der Landschaft verdorrt und die Trostlosigkeit der Natur den Rang abläuft.

Ich war am Metallzaun wieder angelangt. Ein älteres Ehepaar stand überlegend vor der breiten Zaunöffnung.

„Sie kommen gerade von dort", fragte der ältere Herr mit Gehstock.

„Ja", antwortete ich und „ich habe es tatsächlich überlebt."

Er blickte mich fragend an. Seine Frau an der Seite schien ihn zurückziehen zu wollen, aber der Wille des Herrn schien stärker als die Vernunft.

„Es ist dort am Hornufer wunderschön, eine kleine Wanderung wert, aber eben verboten!", gab ich noch zu bedenken.

„Was ist aus jener Zeit nicht verboten", gab der Mann zurück und zog seine Frau mit sich.

Auszug aus Spanien

„Y como lo va a hacer usted sola?"... tja. Gute Frage. „Und wie wollen Sie das alles alleine schaffen?"

Während ich mein Gepäck am Flughafen von Alicante aufgab, dachte ich über die berechtigte Frage nach. Schließlich reiste ich alleine. Alleine, ohne einen erwachsenen Begleiter, der mir hätte helfen können. Nicht dass ich zu unselbständig wäre, um mein Gate zu finden, oder die Befürchtung gehabt hätte, dass ich meine eigenen Koffer auf dem Gleitband nicht wiedererkennen würde ... nein. Mein Problem war eindeutig die Anzahl der Gepäckstücke.

Mein Mann hatte sich von mir mit einem sanften Kuss und dem aufmunternden Kommentar verabschiedet: „Das schaffst du schon. Wenn du erst mal da bist, hast du Urlaub und kannst dich ausruhen."

Mmmh. Ich war weniger überzeugt davon, dass ich in den Urlaub flog, aber ich freute mich schon auf das Wiedersehen mit meiner Familie und wollte auch keine Diskussion aus einem nicht böse gemeinten Kommentar machen. Also beließ ich es dabei und winkte meinem Mann noch einmal zu, bevor ich mich zum Check-in begab.

Ich hatte dieses Mal den Kinderwagen bei mir behalten bis zum Abflug, was eindeutig die bessere Option war als das letzte Mal, als ich ihn direkt mit dem Koffer aufgegeben hatte. (Ein 4,5 kg schweres Baby erscheint einem doppelt so schwer, wenn man es gut zwei Stunden lang im Terminal rumtragen muss, bevor man endlich ins Flugzeug steigen kann.)

Also legte ich die Wickeltasche, meine Handtasche, den Gürtel und die Schuhe auf das Band der Sicherheitskontrolle. Ich Ahnungs-

lose dachte, ich könnte mit dem Kinderwagen durch den Metalldetektor gehen und dass ihn sich jemand auf der anderen Seite
anschauen würde. Aber nein, das geht natürlich nicht. (Was bei
näherer Betrachtung eigentlich auch logisch ist). Also nahm ich
meinen kleinen Sohn auf den Arm und ... stand erst mal ratlos
da. Die Schlange hinter mir wurde immer länger, der Beamte am
Metalldetektor blickte mich erwartungsvoll an ... Und ich? Ich
überlegte krampfhaft, wie ich den Kinderwagen mit nur einer Hand
zusammenklappen sollte, um ihn auf das Band zu bekommen.
(Mein Kinderwagen ist ein Sportwagen mit drei verschiedenen
Teilen, und um ihn richtig zusammenzuklappen, musste ich selbst
erst mal eine Stunde üben. Ist der einzige Nachteil.)

Während ich noch überlegte, erbarmte sich die nette Dame
hinter mir und bot mir ihre Hilfe an und die von ihrem Mann
gleich mit. Sie nahm meinen Kleinen auf den Arm, während ihr
Mann und ich den Kinderwagen auf das Band hievten. Dann
sauste ich durch den Metalldetektor; und wie nicht anders zu
erwarten war, piepste das elende Ding ... Eine Beamtin winkte
mich lächelnd zu sich. „Sie haben aber viel Gepäck dabei", meinte
sie freundlich.

„Sie haben noch nicht die zwei großen Flugboxen von meinen
Hunden gesehen, die ich eben beim Sondergepäck abgegeben
habe ..."

„Und wie wollen sie das alles alleine schaffen?" Da war sie
wieder. Die Frage, auf die ich keine Antwort hatte. Aber jetzt erst
mal das Wichtigste: mein Baby. Der Beamte ging selbst durch
den Metalldetektor, nahm der Dame meinen Kleinen ab und
reichte ihn mir mit den Worten: „Ay si fuera yo mas guapo y mas
joven ..." Was so viel heißt wie „Ach, wäre ich nur etwas jünger
und schöner ..." Das war mal wieder typisch spanisch – und es
entlockte mir ein Lächeln. Ich war zwar schon vergeben, mit dem
besten Beweis überhaupt auf den Armen, aber das Kompliment
war trotzdem nett. (Ich hatte das Gefühl, dass meine Weiblichkeit mit dem Milcheinschuss flöten gegangen war.)

Als ich alles so weit sortiert hatte, dass ich mein Gate aufsuchen konnte, musste ich auch nicht mehr lange warten und es ging los. Um zu meinem Sitz zu gelangen, fühlte ich mich wie bei einem Hürdenlauf. Ich blieb immer wieder mit meinem Rucksack an Schultern oder mit meiner Wickeltasche an Knien von Mitpassagieren hängen, die bereits auf ihren Sitzen saßen, und entschuldigte mich gefühlte 30-mal, bis ich endlich meinen Platz gefunden hatte.

Während wir starteten, legte ich meinen Sohn an und stillte ihn, in der Hoffnung, dass er nachher keinen seiner Kolikanfälle bekam. Leider bekam er Bauchweh, wie nicht anders zu erwarten war. (Es war 20:30 h und jeden Abend quengelte er um diese Uhrzeit. Wieso sollte es in einem Flugzeug in 10 000 m Höhe anders sein?) Also lief ich gute zwei Stunden den Gang auf und ab, mit meinem Baby im Fliegergriff. Die Ironie war mir durchaus bewusst.

Dann endlich landeten wir und schafften es auch ohne weitere Probleme bis zum Gepäckband. Doch nun zu meinem eigentlichen Problem: Wie schaffte ich zwei Hunde, einen Kinderwagen, den Autokindersitz, meine Koffer, mein Handgepäck, die Wickeltasche, meinen Rucksack und mein Baby hinaus?

Meine Sachen kamen an drei verschiedenen Orten an: die Hunde beim Sondergepäck, der Kinderwagen beim Sperrgepäck und meine Koffer auf dem Gleitband … Ich brauchte mindestens drei Wagen, um alles zu transportieren. Es kam mir wie eine dieser tollen Fragen von: „Wie bringst du ein Huhn, einen Fuchs und ein Schaf zusammen über den Fluss, ohne dass einer dabei draufgeht …?"

Während meine Gedankten abschweiften und ich das Gleitband suchte, traten ein Mann und eine Frau auf mich zu und fragten freundlich: „Sind Sie Frau Ohlig?"

„Ja, die bin ich. Wieso?" Ich versuchte, nicht allzu misstrauisch zu klingen, während ich mein Baby an mich drückte, als ob es mir jemand wegnehmen könnte.

„Wir kommen, um Ihnen zu helfen", antworteten sie.

Konnten die beiden auf einmal Gedanken lesen? Mein Gesichtsausdruck in diesem Moment konnte sie bestimmt nicht von meiner vorhandenen Intelligenz überzeugen, und so erklärten sie gleich ungefragt, dass meine Mutter Hilfe für mich erbeten hatte, am Service-Stand der Fluglinie, und eine Beschreibung von mir abgegeben hatte. Ah ... jetzt verstand ich. Danke, Mama! Danke an den Service von Air Berlin! Alles Weitere verlief problemlos: Ich holte zuerst die Hunde ab, dann den Kinderwagen und zuletzt meine Koffer.

Dann spazierte ich hinaus in den Empfang wie die Königin von Saba persönlich, mit einem gut gelaunten und lächelnden Wonneproppen auf dem Arm und meinen helfenden Engeln von Air Berlin hinter mir her mit drei vollen Wagen. Und da stand auch schon meine Mutter mit einem Strahlen im Gesicht. Die erstaunten und amüsierten Gesichter der Wartenden ignorierend, umarmten wir uns glücklich und setzten uns dann wie eine Karawane in Bewegung in Richtung Auto.

Als endlich alles verstaut war, sank ich in den Sitz und dachte: Jetzt kann der Urlaub anfangen.

„Hier, mein Schatz, ich habe dir ein Brötchen, einen Saft und etwas Kinderschokolade mitgebracht ..."

Tja, es geht doch nichts über die eigene Mutter, die an alles denkt, einen verhätschelt und das Unmögliche hinbekommt ... Mama, du bist die Beste! Ob mein Kleiner mich irgendwann auch so sieht?

Der Schalk
(Ballade)

Der Schalk war einst der größte Star, ein derbes
Mannsbild wie Gott Pan, mit einer ganzen Nymphenschar.

Artig applaudierten ihm die Nymphchen, wenn er fiese Witze
machte,
von seinem Podium raunzte und posaunte, als wär er der Aller-
beste –
auf Kosten schwacher Wesen, die er pausenlos entblößte.
Die Nymphchen fanden's doof, doch fühlten sich zu schwach
einfach zu geh'n.

Und der Schalk bemerkte nicht, wie ein Nymphchen jeden Tag
selbst so manchen Unfug trieb.
Eifrig lernte es vom Schalk, machte sich Notizen, bis
sie selbst die kühnsten Possen schrieb. Verse, die den
Schalk verhöhnten und sich über sein Gehabe lustig machten.
Heimlich trug sie sie den andern Nymphchen vor, die fast platzten
vor lauter Lachen!

Es blieb nicht aus, dass der Schalk, der seine
Nymphchen stets bewachte, sie schließlich
frisch ertappte, wie sie aus ihrer selbst gebastelten Liedermappe
lauthals Peinlichkeiten vortrug und missglückte Bettgeschichten.
Dem Schalk war selbst zum Lachen – doch das durfte ihm
nicht passen!
Er war der Einzige, dem der Applaus gebührte,
er war der Schalk – einzig und allein! „Ich werde sie in Ketten
legen, das wird ihre Strafe sein."

Die Nymphchen schreckten hoch, als sie den zornesroten Schalk
erblickten.
Das eine Nymphchen war noch ganz vertieft in seine Zeilen,
Vers um Vers klang durch die Waldesflur.
Auch Elfen lauschten und ein kleiner Kobold, Freund des
Nymphchens,
das nunmehr den Schalk in seinen frechsten Reimen über-
trumpfte.
Das ist genug, das darf nicht sein – „Halt ein!", brüllte er los.
„Du freches
Stück kommst mit mir mit! Du wirst bestraft ob dieser Schmach!",
schallt es durch
Baum und Fels.

Da sprang auch das Nymphlein auf vor Schreck. Doch seine
Augen
blitzten, glühten, glänzten keck, noch in Ekstase.
„Nein! Das hab' ich nicht verdient! Ich gehe fort, du bist
nicht mehr mein Meister und mir außerdem schon lang zu dick!"
Die andern Nymphchen waren ängstlich – doch mehr noch
angetan
von dieser Kühnheit, und eine musste gar sich umdrehen und
ihren Lachanfall verbergen.
„Pah!", schnaubte der Schalk errötet. „Die Natur soll deinen Weg
versperr'n, Geäst und Ranken sich wie Ketten um dich legen!"

Doch der Schalk, er sah: Sobald ein Nymphchen sich entgegen-
stellte, war seine
Macht gebrochen. So blieb ihm nur das Fluchen.
Das Nymphchen rannte los, so schnell es konnte, auch wenn
es wusste, dass der Schalk über die Kräfte der Natur keine Macht
besaß.
Das war Pan – auch ihm wollte sie nicht begegnen, sammelt
er doch gern verlor'n gegang'ne Nymphchen ein.

Doch ihr kleiner Freund, der Kobold, half. Entlang geheimer Wege
tief im Erdenreich führte er sie sicher durch die Dunkelheit.

Schließlich, dem Erdenreich entstiegen, waren die Elfen schon bereit,
umspannten sie mit einem gold'nen Schleier, der sie
für böse Absicht unsichtbar werden ließ.
Fast schon hatte sie's geschafft.
„Raus, bloß raus aus diesem Wald ... Doch halt! Wenn
ich dort trete auf Asphalt, werd' ich zum Menschenwesen –
oder nicht?
Verletzlich sein und vielleicht sterben?"
Damit drohten sie schon immer ihren Nymphen, der blöde Schalk
und Pan und Faune auch ...
Aber ein Zurück – das gab es nicht für sie.

Und plötzlich, hier am Waldesrand,
schien vieles zu verblassen, sie spürte kaum mehr dieses
Band zum dunklen Meister. Das Joch der Unterdrückung war gebrochen.
Jetzt siegte Mut über die Angst, sie fasste sich ein Herz und sprang!

Auf einmal wurd' es lichterloh, das Nymphchen stöhnte auf und fast fiel sie
zu Boden. Es durchwallten sie tausend warme Ströme.
Es waren die menschlichen Gefühle, allesamt begehrten sie nach draußen,
ließen heiße Tränen über die Nymphchenwangen laufen.
Liebe strömte in die Adern, das Nymphchen spürte einen Körper,
ihre Füße auf dem Boden. Randvoll mit Leben angefüllt –
sie war *echt* geworden!

Wie aus einem tiefen Schlaf war sie erwacht. Was sie fühlte,
ergriff sie nun
mit solcher Macht. Sie lachte los, stieß Freudenschreie aus und
weinte wieder, alles durcheinander. So schön war es und nicht
zu fassen.
Ja – *echt* war sie geworden.

Plötzlich sahen sie die Menschen, inmitten einer Lichtung.
Doch ihre Ängste war'n verschwunden.
Ein Mensch half ihr auf die wackeligen Beine,
ihr wurde warm ums Herz.
Und bald schon ging sie ganz alleine, entdeckte alles,
lebte, liebte, saugte auf, was sie zuvor nur aus der Ferne sah
und ahnte,
doch niemals fühlen konnte.

Mit dem neuen Leben war der Wald der Nymphen bald
vergessen. Das moosbewachs'ne Bett, die Felsenhöhle,
all die andern Wesen. Ein grauer Schleier der Erinnerung.
Dem jungen Menschen war, als wär' es wie im Traum gewesen ...

Und eines Tages, eine starke Frau geworden, traf sie Menschen,
die sie kannte, sie spürte sie als wesensgleich.

Sie war sich sicher: ‚Meine lieben Freunde, sie sind alle hier,
wie ich haben sie sich aufgemacht, sind aus dem Reich
des Schalks getreten und erwacht!‘

In Liebe standen sie versammelt,
blickten einander in die wachen Augen.
„Es war der Schalk, der uns zum Narren hielt,
bis wir verstanden, dass wir hätten gehen können,
wann es uns beliebt."
„Vielleicht half er uns sogar mit seinen Taten auf den Weg?

So groß erschien uns die Gefahr, dass keiner von uns sah,
wie machtlos er doch war. Erst wachsen musste unser Mut,
sich eine reinigende Wut in uns entzünden,
bis es ein jeder einzeln wagte, sagte ‚Nein' und ihm ins Auge sah.
Ja, ängstlich war er gar."
„Er gab uns einfach frei – der Schleier fiel, ein Traum von Furcht
und Mühsal
war vorbei."

Da trat ein großer Mensch aus den Versammelten heraus:

„Ihr Liebsten … ich glaub', der Schalk – war *ich*!
Auch ich ließ mich von falschen Stimmen führen,
bin ich doch ein Hirt des Guten!
Ich hatte Angst, euch zu verlieren, und fing an mir eine Welt
aus Zwang
zu schaffen, böse Geister zu kreieren, um euch stets in Schach
zu halten.
Ich sah nicht, wie schön ihr wart in Freiheit und dass dieses
Band viel
stärker bindet. Ihr habt mich befreit – aus meiner dunklen
Einsamkeit."

Großes Erstaunen allerseits, und ein tiefes Raunen des Verstehens.
Die Seelenfreunde umarmten sich, sie seufzten, lachten, sangen,
johlten –
hatten sie sich doch alle gegenseitig
aus dem Spiegelkabinett geholt!

Die Gastarbeitertriologie

Diese Trilogie widme ich Radiša Đokić und seinen unermüdlichen Bemühungen um eine authentische Darstellung der serbischen Geschichte und Kultur.

Radiša, seine Eltern und seine Schwester können auf mehr als 100 Jahre nachgewiesener Erwerbsarbeit in Österreich zurückblicken. Ich habe diesen Text in Ich-Form und auf Grundlage eines Gesprächs mit Radiša in seiner Zeitschrift „Dijaspora" (dt. „Diaspora") geschrieben, als deren Herausgeber er jahrelang fungierte. Dies hier ist seine Geschichte.

Mein Vater, meine Mutter, meine Schwester und ich haben zusammengerechnet ein ganzes Jahrhundert lang als Gastarbeiter in Österreich gearbeitet. Bis auf mich sind sie heute alle tot, und mir ist bloß die himmlische Verbundenheit mit ihnen geblieben. Der schweren und harten Arbeit ist es indes nicht gelungen, meiner Seele die letzten Tropfen an serbischer Vernunft und serbischem Geist zu entziehen. Oder etwa doch?

Worin liegt überhaupt der Sinn unseres Lebens und unserer Arbeit, sei es in der Heimat oder in jedem beliebigen Ausland der Welt? Sämtliche Überlegungen und Worte können auf eine solche Frage keine zufriedenstellende Antwort erteilen. Hilfreich ist einzig und allein ein umfassender Rückblick auf mein eigenes Leben.

Ach, mein schönes Dorf, wo ich der Natur und dem Glück am allernächsten war! Wo ich die wahre Essenz des Lebens kennenlernte, ehe ich anfing, diese Essenz hinter mir zurückzulassen, und bevor ich mich von den nur zeitweilig geliehenen Segnungen der Natur und meinem „Glück" loszusagen begann.

Ich habe mein Dorf verlassen und damit dazu beigetragen, dass es von noch mehr Unkraut überwuchert werden konnte. Und schon damals habe ich gewusst, dass ich nirgendwo mehr echtes, wahres Glück finden sollte. Denn einzig in meinem Dorf hat sich die Nacht ein weißes Kleid übergestreift und die im Topf brutzelnde Bohnensuppe einen derart angenehmen Duft verströmt. Und wie schön war es erst im Mai, wenn Regen auf die Felder fiel!!! Aber ist das eigene Haus einmal verlassen, wird es auch in der Seele einsam. Sie wird zu einer Herberge, in der nur mehr vereinzelt Gäste Einlass begehren. Mein Dorf heißt Živica und liegt in der Nähe von Požarevac. Der von Geseufze erstickte Abend von damals verfolgt mich bis heute. Der Winter ist längst vorbei, und auf ihn folgt – der Herbst. Erinnerungen sind von Leid begleitet. Wenn ich in der Heimat bin, treffen meine Gedanken auf meine Vergangenheit. Damals war ich fröhlich. Auch, weil ich weniger gewusst habe. Die kahlen, schwarzen Zweige habe ich mit Blumen geschmückt. Ich habe nach der Sonne gesucht, um ihre Seele zu finden. Der Februar hat hier ein Antlitz von gleichgültiger Bosheit. Mein liebes, altes, verfallenes Haus mit seinen zwei klapprigen Betten. Bei der Erinnerung kommt mir auch der Dachboden mit seiner endlosen Dunkelheit in den Sinn. Im Winter fielen krachend Bäume zu Boden, und mein Vater spaltete das trockene Holz mit einer stumpfen Axt. Wir saßen schweigend um das rauchende Feuer herum; der Wind blies gegen die Fenster. Vier Herzen und eine Seele, im Schmerz vereint. Bevor ich zur Schule ging, hatte meine Schwester das letzte Ei gekocht. Es war still. Und es lag eine Art eisiger Angst in der Luft. Wir blickten einander nicht in die Augen. Mittags, während meine Mutter kochte, saß ich mit meinem Vater am Herd und schrieb Hausaufgaben.

Ist dir kalt, Sohn?

Nein, Mama.

Doch mein Herz friert. Einzig der Wind lässt mir durch die undichten Fensterscheiben Liebkosungen zuteilwerden. Zum

Abendessen bereitet die Mutter Kačamak, ein Maisgericht, zu. Der Vater bedeckt sein Gesicht mit seinen Handflächen. Er leidet Schmerzen. Meine Schwester versucht, eine alte Socke zu stopfen. Am Abend breitet die Mutter die einzige Decke aus und flüstert meiner Schwester zu:

Hab ein Auge auf ihn. Er wird noch erfrieren.

In den späten Abendstunden kleidet sich der Vater in seine Lumpen. Und vom eisigen Bett aus spähe ich auf alle drei. Mutter bläst die Kerze aus, woraufhin Ruhe einkehrt.

So vergingen Jahre voller Schmerzen. Wir haben die Härten des Lebens erduldet und unser Leiden stolz im Schweigen verborgen. Eines Tages packte meine Schwester ihre Sachen und ging zu einem Mann, den sie nicht einmal kannte, geschweige denn liebte. Daraufhin verließ uns auch der Vater. Mutter und ich blieben zurück. Sie versuchte, mir ein neues, glücklicheres Nest zu bauen. Mutter und ich blieben allein und ohne Brot zurück. Sie sagte zu mir:

Lerne, mein Sohn, und wenn du dann die Schule abschließt, wirst du auch zu essen haben.

Aber auch meine Mutter ist in die Welt hinausgezogen, um im Schweiße ihres Angesichts und mit ihrem nicht mehr jungen Körper für Nahrung zu sorgen. Ich war der Einzige, der auf der geliebten Heimaterde ausharrte. In meinem Dorf Živica, dessen Name vom Wort „život", auf Deutsch „Leben", kommt, lebte es sich am besten als Maus. Nicht einmal Ameisen ließen sich blicken. Man kann nichts verlieren, bevor man nichts hat. Wenn ein Dorf keine Straße hat, sind Bauern nutzlos. Erst jetzt weiß ich, dass mein Dorf größer ist als Wien. Es gibt dort kein Problem mit den Parkplätzen. Alle diesbezüglichen Probleme werden durch ein Stück Rasen vor dem Heimathaus gelöst.

Ich möchte Ihnen zunächst von meinem Vater erzählen. Er arbeitete in Österreich. Ich war in meinem Dorf im damaligen Jugoslawien und bin noch nicht in die Schule gegangen. Eines Tages bekam ich ein Telegramm, dass sich mein Vater in Leoben unweit von Graz befinde und er schwer verletzt sei. Ich machte mich auf den Weg nach Österreich. Es war meine erste Reise ins Ausland. Ich fand meinen bis auf die Augen einbandagierten Vater in einem Krankenhaus. Bei demselben Unfall waren fünf Menschen zu Tode gekommen. Von der Baufirma bekam er keinen Groschen. Die Schmerzen wurden immer größer, und das Geld wurde weniger. Er starb zwei Jahre später. Sein Körper sagte sich von seinen Schmerzen los, und seine Seele entschwand hin in Richtung ihrer Erlösung. Getragen und behütet von der Überzeugung, dass alles Gute, was eine Seele in sich trägt, bis in die Ewigkeit Bestand hat. „Humanisten" hatten meinen Vater in einen freiwilligen Tod getrieben. Und auf diese Weise löste sich auch ein Dilemma auf: Auf ein unfaires Leben folgte ein fairer Tod. Und haben nicht schon größere Helden als mein Vater eine Lunte an ein Pulverfass gelegt, als sie die Ausweglosigkeit ihrer Situation erkannten?!

Mein Vater war nach allen Regeln der Kunst getäuscht worden und gezwungen gewesen, den Weg der Hoffnungslosigkeit zu gehen. Er vermochte die Welt nicht zu retten. Er hatte versucht, seine Familie mit seinem eigenen Stall zu ernähren. Doch man nahm ihm seine Kühe weg. Der Stall verfiel vor sich hin. Die Familie hungerte. Mein jüngerer Bruder starb. Vaters Probleme wurden immer von anderen gelöst. Freigiebig und ehrlich, wie er war, brachten die von ihm entrichteten Steuern die häusliche Feuerstelle und damit auch das Leben zum Erlöschen. Große Verantwortungen wurden kleinen Leuten auferlegt, die sich nur dadurch zu beweisen glauben konnten, indem sie in die Welt hinauszogen. Mein Vater, der Märtyrer, wurde von auf schreckliche Weise peniblen und unerbittlichen Richtern mit bitteren Urteilen von Verbot und Zwang belegt. Man hat ihm nie einen Moment geboten, um sich aus seiner Demut zu erheben.

Sind Menschen wie mein Vater, die gewaltsam aus ihrem Haus vertrieben wurden, Verräter oder Feinde ihres eigenen Volkes? Die Menschenwürde meines Vaters spiegelte sich darin wider, wie viel ihm gegeben wurde, was auch den einzigen Anknüpfungspunkt zwischen der Regierung und einem unterjochten serbischen Bauern darstellte. Mein Vater wollte und verdiente ein solches Leben nicht. Er entsagte dem erbärmlichen, aufgezwungenen und sinnlosen Lebensstil und befreite sich so vom Bösen. Nicht vom Bösen, das in ihm war, sondern vom Bösen, das ihn umgab. Er hatte sich gegenüber niemandem etwas zu Schulden kommen lassen. Diejenigen jedoch, die ihm etwas schuldeten und ihn bestohlen hatten, mögen es mit ihrem Gewissen zu vereinbaren versuchen, dass sie ihn in den Tod getrieben haben. Als die Steuereintreiber meinem Vater befahlen, die letzte Kuh herauszugeben, führte er diesen Befehl aus, indem er die Kuh mitten im Dorf an einen Pfahl band. In seinen Augen konnte ich Blut und Tränen erblicken. Der Befehl war von Menschen erteilt worden, die den Schulbesuch ihrer Kinder mit den Kühen meines Vaters finanzierten.

Nicht alle im Dorf zahlten gleich viel „Steuern". Zur Kasse gebeten wurden diejenigen, die lautstark protestierten. Das Geld streiften sodann unredliche „Wohltäter" am Volke ein, denen ein menschliches Leben nur wenig bedeutete. Ein untergegangenes Leben wird nicht einmal durch den Tod gerechtfertigt. Die Bösen und Unredlichen waren nie Freunde von Wahrheit oder Gerechtigkeit. Alles, was durch Gewalt geschaffen wird, wird nur durch Gewalt erhalten. Eine Freiheit unter Überwachung mündet in ewige geistige Sklaverei. Liegt der einzige Erfolg eines Menschen etwa darin, Politiker zu werden und seine Hand in die Tasche anderer zu stecken?! Individuen dieser Art begehen nicht nur an schwachen Menschen, sondern auch an fruchtbaren Feldern einen Genozid, indem sie diese der Verwilderung preisgeben! Mit lärmenden Mikrofonen bewaffnet verkünden sie einen Wohlstand, den es nicht gibt. Sie leeren rote Asche auf üppige Weinreben. Das heranreifende Gemüse verfärbt sich schwarz. Statt Essbarem pflanzen sie Beton. Auf den Ackerflächen werden Fabriken hochgezogen. Ein bestelltes Feld kann auch einen feinen Herrn mit Krawatte ernähren, aber ein feiner Herr mit einer Krawatte kann kein Feld bestellen. Das Land ist sowohl für den Bettler als auch für den König da, sowohl für den Träumer als auch für den Realisten, sowohl für den Pfarrer als auch den Kommunisten.

Unweit des Dorfes hatte mein Vater einen jungen Weinberg. Eines Tages kamen Leute mit Baggern und rissen die jungen Pflanzen aus. Sie gruben einen Kanal inmitten eines fruchtbaren und blühenden Feldes. Fortan floss stinkendes Wasser aus der Fabrik durch drei Dörfer hindurch. Für den Müll ist derjenige verantwortlich, der ihn produziert, und man möge Unschuldige gefälligst nicht mit ihm belästigen!

Es war klar, dass sich mein Vater irgendwann einmal die Frage gestellt hat, wessen Leben er eigentlich lebte. Aber letztendlich war er machtlos. Wo das Böse ist, da ist kein Platz für das Gute. Er wurde seiner Ehre und des Rechts, eines natürlichen Todes zu sterben, beraubt. Man tötete alles Menschliche in ihm ab und erklärte ihn zum Bodensatz der Gesellschaft und Menschheit. Man entschied sich, ihn nicht am menschlichen Glück teilhaben zu lassen. Menschen, die den Schaden anderer als ihren persönlichen Gewinn ansehen, haben meinen Vater und meinen kleinen Bruder in den Tod getrieben. Zögernde und Machtlose werden dem Verderben preisgegeben. Menschen werden dazu gezwungen, vor dem Leben in den Tod zu fliehen, sich in sich selbst zu verschließen und sich dann gegen sich selbst zu wenden. Unsicherheit stellt die einzige verbliebene Gewissheit dar, weshalb auch der Suizid als Ausweg aus der Sackgasse erachtet wird: Menschen entsagen sich ihrer selbst, um die quälende Revolte in sich abzutöten. Mein Vater hatte nicht den Mut, weiterzuleben. Das Leben war ihm zur Last geworden. Mit dieser Last und diesem Zwang wollte er nicht leben. Er ging allen aus dem Weg, so wie alle auch ihm aus dem Weg gingen. Er wurde von Menschen geschlagen und letztendlich von seinem eigenen Leben getötet. Für ein unglückliches

Leben, das viel zu lange von bösen Mächten dominiert wird, ist jedes Ende ein glückliches.

Wenn ich bei meinem Vater gewesen wäre, als er, auf der Hausschwelle stehend, die Schlinge um seinen Hals legte, hätte ich versucht, ihm klarzumachen, dass das Leben auch dann nicht endet, wenn es ins Wanken gerät. Das Leben zu verstehen, ist viel schwieriger, als es nur zu leben. Durch die Schule wurde mir bewusst, dass das Leben immer dann schön ist, wenn es uns etwas beibringt. Ich danke dem Leben für all die schönen und hässlichen Gaben, die es für meinen Vater bereithielt, denn letztendlich kann dem Leben nicht einmal der Tod etwas anhaben. Das Leben ist vergänglich – der Tod ist ewig. Das Leben mag auf uns gefährlich und bedrohlich wirken – der Exekutor ist jedoch immer der Tod. Der Tod bietet dem Leben jedes einzelne Mal Vergebung und Erlösung an. Aber warum sollte man bloß einzig und allein mit sich selbst leben, und weshalb sollte man gar ohne sich selbst leben?! Was nützen überhaupt Uhren, wenn die Zeit zum Leben knapp wird? Der Tod überrascht bloß einmal – das Leben hingegen jeden Tag.

Aus dem Jenseits flüstert mir mein Vater zu:

Wer denkt, dass alles im Leben einfach ist, hat nie gelebt.

Ich habe noch vier BRIEFE VON MEINER MUTTER. Sie sind schon stark vergilbt und die Buchstaben von meinen Tränen stellenweise verwischt, doch werde ich mich bis an mein Lebensende an ihren Inhalt erinnern können. Ich habe die Rechtschreibung und das Satzgefüge ausgebessert – den oft dialektalen Wortschatz und die Wortwahl meiner Mutter habe ich in meiner Niederschrift hingegen unverändert belassen.

ERSTER BRIEF

Mein geliebter einziger Sohn Radiša!

Das ist schön von dir, dass du Vojislav beerdigt hast. Das gehört sich. Er war dein Vater. Bleib nur so, wie du bist. Lerne weiter. Kehre bloß nicht nach Wien zurück. Hier hast du nichts zu suchen. Wir arbeiten hier schwer und erleiden alle Schmerzen Christi. Ich verstehe nicht nur die anderen nicht, ich verstehe auch mich selbst nicht. Dein Vater, der wie auch ich dafür da war, das Haus zu reparieren, die Kinder zu ernähren und in die Schule zu schicken, ist jetzt nicht mehr. Jetzt sind alle Haushaltsgeräte und sonstige Sachen und auch der Lieferwagen besorgt, aber dein Vater wird nicht zurückkommen. Nur noch einen Fotoapparat, nur noch einen kleinen Brunnen wollte ich haben, aber sei's drum. Was weiß ich schon. Ich weiß nur, dass ich jeden Tag mit deiner Schwester Erdäpfeln esse. Sie stehen mir schon bis zum Hals heraus. Einige unserer Leute essen in Wirtshäusern und fragen mich, ob ich kein Geld habe. Dabei wollen sie gar nicht arbeiten. Einer dieser Nichtsnutze sagt, seine Chefin habe ihm ans Herz gelegt, dass er nicht mehr arbeiten soll. Aber ich: Wohnung, Arbeit, Wohnung – und das jeden Tag. Und die Wohnung, das sind hier zwei kleine Zimmer, ohne Wasser und mit einer gemeinsamen Toilette am Gang.

Wenn ich krank bin, gehe ich nicht zum Arzt. Ich rasple Kartoffeln und Zwiebeln, um meinen Kopf zu kühlen. Ich werde dir ihre Wiener Medizin geben! Selbst wenn ich mich nur mühsam dahinschleppe, glaubt dir niemand, dass du krank bist. Einmal hat mich die „Retung"[1], das ist hier ihr örtlicher

---

1 Im serbischen Originaltext in deutscher Sprache geschriebene Wörter werden hier und in weiterer Folge in der Originalautographie der Verfasserin und mit Anführungszeichen wiedergegeben.

Krankendienst, von der Arbeit abgeholt. Vor lauter Anstrengung breche ich zusammen. Sie fragen mich, was mit mir los ist. Was soll schon los mit mir sein – ich kann einfach nicht mehr. Als ich im „krankenštand" war, waren drei junge Frauen an meinem Arbeitsplatz. Aber ich werde mir zwei große Doppelhäuser mit vier Bädern bauen, denn obwohl ich so viele Jahre in Wien gelebt habe, habe ich nie ein Bad in der Wohnung gehabt. Ich will auch so einen weißen Ziegelzaun mit Türmchen. Man hört von einem großen Zollrabatt für Leute, die im Ausland arbeiten. Für Kühlschränke und andere Haushaltsgegenstände. Ich werde sie in ihren Osterferien, zum katholischen Osterfest, mit dem Lieferwagen von Herrn Dragance heimtransportieren lassen. Denn wer weiß, wie lange es diesen Rabatt noch gibt. Hier bläst ein Schneesturm, aber ich packe die Sachen schon ins Auto. Ich bringe einen Kühlschrank, einen Staubsauger, einen Ofen und andere Sachen mit. Ich möchte, dass dieses Wetter aufhört, denn die Scheibenwischer von Dragance schaffen es nicht, den ganzen Schnee zu wegzuwischen, verstehst du? Vielleicht werden wir im Auto schlafen. Denn auch wenn Dragance fährt und fährt, schaffen wir es wohl nicht einmal bis zur ersten Grenze. Und es gibt drei Grenzen. Die Kolonne ist riesig, und ein Ende ist nicht in Sicht. Wohin wollen denn all die Leute, Gott gütiger?! Überall ist Schnee, es ist ein Sauwetter hier, während bei uns unten schon die ersten Knospen aufgehen. Aber hier in der Ebene werden wir von meterhohen Schneemassen attackiert. Der Schneepflug kommt kaum durch. Und der Wind weht und weht, er wird uns umschmeißen, er wird uns begraben. Plötzlich sehen wir in diesen schlimmen Stunden ein großes Licht. Wir bewegen uns Meter für

Meter vorwärts. Bis zur Grenze. Ein Mann in Uniform kommt zu uns und bellt uns an: *Gewehre? Pistolen? Technik?* Einer aus Dr.ances Lieferwagen antwortet: *Wir haben keine Gewehre, Pistolen oder Technik; ich habe Kinder, sie schlafen hinten. Alle raus* – befiehlt er. Er wühlt in Drgances Lieferwagen herum.

Geh Geld wechseln und den Zoll bezahlen! Geh zum Schalter der Wechselstube. Wir frieren. Wir versuchen, uns zu wärmen. „Dame šlafen". Wir wecken sie auf – oh, wie waren die Damen beim Schalter böse. Was haben sie bloß geflucht.

Es ist Nebel aufgezogen. Einer von ihnen leuchtet Dragančе mit der Taschenlampe direkt ins Gesicht. Er steht vor dem Auto und winkt *STOOOOOP!!!* Der ungarische Beamte brüllt herum wie vorher schon der österreichische: *„Hundret faren, hundret calen!!!"* Dragančе gibt ihm hundert Forint. Er verschwindet im Nebel und taucht dann wieder auf. Wir waren die ganze Nacht unterwegs. Wir haben bereits zwei Grenzen überschritten. Dieses Licht muss jetzt das letzte sein. Wir bewegen uns im Schritttempo vorwärts. Drei Stunden lang schauen wir auf das gleiche Licht, aber wir kommen ihm einfach nicht näher. Links ist plötzlich etwas Weißes zu sehen. Die Leute heben Kühlschränke aus ihren Autos und fluchen. Der Zollbeamte kommt. *Was ist hier zu verzollen?* Ich habe gesagt: *Auf den Kühlschrank gibt es Rabatt, der Staubsauger ist alt, nicht neu, der Ofen ist gebraucht.* Er aber sagt: *Alles zollpflichtig!* – *Aber ich habe es doch im Radio gehört,* sage ich! – *Was du nicht alles im Radio hörst!* Nein, der Kühlschrank ist es mir wert, egal, wie viel sie für den Zoll verlangen. Jetzt verstehe ich, warum die Menschen so viele weiße Geräte an der Grenze zurückgelassen haben. Einige davon sind schon kaputt. *Verdammt noch mal! Ich werde nicht bezahlen.* Er streift sich meinen Pass ein. Ich sage: *Ich bin alt und schwach und arbeite dort oben auch für euch hier herunten.* Er gibt mir meinen Pass nicht zurück. Nun gut, dann werde ich halt ohne Pass in meine Heimat fahren. Und wir sind ohne meinen Pass weitergefahren.

Es ist schon vor Sonnenaufgang, aber noch neblig, deshalb kann Dragančе nicht schnell fahren. Doch einer unserer Milizionäre stoppt ihn: *Du hast die Nebelscheinwerfer nicht eingeschaltet, das macht fünftausend Dinar Strafe.* Dragančе sammelt das Geld bei uns ein und gibt es ihm. Nur, damit wir so schnell wie möglich nach Hause kommen. Aber was kommt denn jetzt noch?! Sie wollen eine Art Maut. Draganče wird zornig. Er schreit: *Ich zahle doch nicht doppelt. Ich bin kein Fremder. Dieses beschissene Mauthäuschen von dir war noch nicht da, als ich vor fünfzehn Jahren weggezogen bin.*

Es klart auf, als auf einmal ein großer LKW vor uns auftaucht. Draganče will ihn umkurven, schafft es aber nicht. Wir kommen nicht vorbei. Und so kommen wir hinter dem LKW zur nächsten Mautstelle. Draganče steigt beim Schranken aus. Der LKW-Fahrer kommt zu unserem Lieferwagen her. Er fängt an zu fluchen, er schimpft, er flucht und flucht, er beleidigt Dragančes ganze Familie, er flucht auf seinen Vater, seine Mutter und die Kinder. Vollkommen verrückt. *Bis jetzt habe ich noch nie jemanden bei der Miliz angezeigt, aber bei dem da werde ich es tun,* tobt Draganče. Wir halten bei der Miliz in Požarevac. Draganče erzählt, was geschehen ist. Der Beamte sagt ihm: *Du musst nach Smederevo fahren. Es war auf der anderen Seite des Schrankens.* Draganče stößt einen Fluch auf die Mutter des Milizionärs und auf den Affen von LKW-Fahrer aus, der ihn zuvor beleidigt hat.

Bis nach Živica sind es nur noch sechs, sieben Kilometer. Eine ebene und gerade Strecke und nur noch eine Kreuzung. Und genau da steht jemand und rührt sich nicht vom Fleck. Draganče ruft ihm etwas zu, er steigt bei uns ein und fängt wild zu fluchen an. Nach zweihundert Metern biegen wir in seinen Hof ein. Ich sehe, dass sich sein Hund freut und an ihm zerrt. Im Hof habe ich Küken und einen Korb voller Mais gesehen, so es auch bei uns ausschaut. Und er flucht munter weiter.

Endlich kommen wir an. Ich stehe vor unserem Haus, schaue es an und kann mich gar nicht sattsehen. Ich weiß, dass du nicht da bist, dass du im Gymnasium in der Stadt bist, aber ich bin einfach glücklich – überglücklich, als ich vor dem leeren Haus stehe. *Ah, du wirst wohl auch noch ein Telefon herbeischaffen,* erschreckt mich plötzlich mein Nachbar. Er kommt gerade aus seiner Feldtoilette und macht sich den Reißverschluss zu. Ich sage: *Hör auf, Nachbar, von einem Telefon zu reden, ich habe meinen Hof noch nicht einmal betreten!* Aber er redet dauernd vom Telefon. Ich sage: *Es Telefon ist nicht mein erstes Bedürfnis, es gibt Wichtigeres. Dieser Kanal da stinkt, und wir werden am Gestank noch ersticken. Wir haben einen Kanal, aber wir haben keine Kanalisation. Aber wir sind ja so kultiviert, dass wir unbedingt ein Telefon brauchen. Damit wir uns übers Telefon anfluchen können. Sollen wir für unser Herumgefluche etwa auch noch zahlen?* Ich gehe ins Haus, und es ist voller Wasser. Das Abwasser des Nachbarn rinnt über den Weg direkt in unser Haus hinein. Ich sage: *He, Nachbar, ich habe dir extra Material gegeben, damit das Rinnen aufhört. Das Material steht jetzt seit zwei Jahren bei dir am Hof herum. Warum hast du dem Wasser nicht den Weg abgesperrt – ich habe dir ja alles dafür bezahlt?* Seine Mutter kommt heraus und droht wütend, alles der Miliz zu melden. Ich rufe ihr zu: *Lass uns in Ruhe, du arme Frau.* Sie aber schreit und brüllt herum. Ich gehe zur Bank, um Geld zu wechseln und ihnen erneut das Geld für das Ausheben eines Abflusskanals zu geben, damit das Wasser nicht mehr in meinen Keller fließt; es frisst die Fundamente auf. Vor der Bank ist ein Gedränge. Einige Ganoven bieten einen höheren Wechselkurs an. Nein, das werde ich nicht tun. Drinnen ist es noch überfüllter. Ich muss warten, um an die Reihe zu kommen. Eine Frau sagt zu mir: *Genossin, geh zum anderen Schalter. Dieser hier ist nur für die mit einem Sparbuch.* Ich gehe zum anderen Schalter. Einige drängen sich vor. Ich protestiere: *He, gibt es hier irgendeine Ordnung?! Warum bedienen Sie die, die sich vordrängeln?!* Sie drohen mir: *Genossin, macht hier keinen Radau, sonst holen wir die Polizei.* Ich sage: *Ihr seid es wohl gewohnt, dass die Miliz alles für euch regelt.* Als ich an die Reihe komme, will man mich nicht bedienen. Eine Bedienstete fängt an, direkt vor meinen Augen und vor allen Leuten Kaffee zu trinken. Dann stehen auch alle anderen auf und schlürfen an ihrem Kaffee. Mir dreht es den Magen um, verstehst du? Ich komme nach Hause, und es gibt keinen Strom. Du weißt, dass das bei uns oft vorkommt. Die Mühlen und Wasserpumpen geben komische Geräusche von sich und müssen repariert werden, die Fernseher und andere Geräte haben einen Kurzschluss.

Ich will schlafen. Ich bin todmüde. Aber der Hund vom Nachbarn bellt und hört nicht auf. Ich rede ihm freundlich zu: *Belle nicht, Hund, ich kann mich vor Erschöpfung kaum auf den Beinen halten.* Aber gut, ein Hund ist eben ein Hund. Als es hell wird, bin ich schon wach. Ich stehe um sieben auf, koche mir einen Kaffee und brate Eier. Ich gehe auf die Wiese, um mir die Blumen und deine achtzig jungen Obstbäume anzusehen. Hasen und Rehe haben sich an ihnen zu schaffen gemacht. Der Obstgarten sieht erbärmlich aus. Irgendjemand hat die Stangen vom Zaun weggenommen und die Hütte leergeräumt, auch die Schrauben, das Eingangstor und fünfzig Meter vom Zaun fehlen. Was soll denn das? Gibt es in diesem Land gar keine Gesetze? Die Nachbarin sagt zu mir: *Wenn sie dir etwas wegnehmen, dann nur Gott und den Menschen zuliebe.* Aber wem tue ich denn schon was zuleide? Ich komme selten. Ich störe niemanden. Ich stecke erneut Zaunstangen in die Erde. Alles wieder ganz von vorne. Ich schließe die Tür zur Hütte und gehe zum Haus zurück. Ich denke daran, was die Nachbarin zu mir gesagt hat. Sie ist völlig umsonst auf dieser Welt. Zuerst hat sie ihren Großvater umgebracht, weil er ihr das Eigentum nicht überschrieben hat. Dann hat sie ihren Mann, der Tuberkulose hatte, leicht verletzt. Sie ließ ihn dann allein auf dem Lehmboden schlafen, während sie irgendwo hinging, um Sex zu haben. Der Boden war eiskalt. Der Arzt sagte: *Er braucht häusliche Pflege.* Als wir die alte Hütte ausgeräumt haben, hat sie alles aus unserem Hof gestohlen und verbrannt. Du gehst zur Schule, ich und meine Schwester leben in Wien, und hier gibt es keinen Zaun, sodass jeder ein- und ausgehen kann, wie er will. Jetzt lassen sie mich das Wasser nicht mehr umleiten. Sie hat mich verklagt, weil ich sie angeblich geschlagen hätte. Sie hat falsche Zeugen herbeigeschafft. Ich frage dich, mein Sohn Radiša, wie konnte ihr jemand einen Krankenstand verschreiben, wenn ich sie nicht einmal angerührt habe. Sie schüttet schmutziges Wasser in den Abfluss, das dann in unseren Garten rinnt. Und dann schwört sie auch noch, dass sie das gar nicht tut. Es gibt niemanden, der mich vor ihr schützt. Als sie jung war, hat sie die ganze Gegend unsicher gemacht, und auch jetzt, wo sie älter geworden ist, hat sich das nicht geändert. Diese Bastarde halten zu ihr. Und ich habe ihrem Sohn Unterwäsche und Hemden aus Wien mitgebracht. Jetzt rechnet die Miliz mit uns ab. Gut, dann soll es halt so sein. Ich wünschte, ich würde manchmal einen Schluck von unserem fuselartigen Schnaps nehmen, aber du weißt, dass ich nie trinke. Komm bloß nicht hierher, mein einziges Kind, mein schöner und kluger Radiša, flehe ich dich als deine Mutter an, die dich liebt.

ZWEITER BRIEF

Im letzten Brief habe ich alles über meinen elenden Aufenthalt in unserem Dorf berichtet. Wo auch immer ich war und was auch immer ich getan habe, es war alles für die Katz. Aber eine Rückkehr nach Wien wäre noch schlimmer. Der ganze Schnee und der ganze Sturm, während bei uns hier herunten schon die Knospen aufgehen ... In den Ebenen der Vojvodina hat sich der Schnee über einen Meter hoch aufgetürmt. Als ob Gott uns verlassen hätte. Nicht einmal ein Schneepflug kommt durch und dann schon gar nicht der klapprige Lieferwagen von Draganče. Wir haben fast die halbe Nacht in ihm geschlafen. Und der Wind bläst und bläst – er wird uns fortwehen, er wird uns begraben. Den Rest der Nacht haben wir in einem alten Gasthaus an der Straße verbracht. Dort waren viel mehr Menschen als Betten, und sie haben uns zu sechst in ein Zimmer gesteckt, wo wir wie im Schichtbetrieb geschlafen haben.

An der Grenze hat mir der Zollbeamte meinen abgenommenen Pass und meine Sachen zurückgegeben. Ich fahre zurück nach Wien. Hat er das Herz vielleicht doch am rechten Fleck? Aber er schreit nur: *Gib mir bekannt, wo du dich die ganze Zeit aufgehalten und geschlafen hast! Komm, gib es bekannt!* Aber was soll ich schon bekannt geben?! Ich habe in meinem Haus, in meinem Land, in meinem Dorf Živica geschlafen.

Ich bin zwei Tage zu spät zu meinem Job in Wien gekommen, was sie mir von meinem ersten Lohn abziehen werden. Als ich in meiner kleinen Wohnung in Wien angekommen bin und mich noch nicht einmal richtig fertig gemacht habe, hat es schon an der Tür geklingelt. *Wer stört? – Ich. – Was soll das heißen, „ich"?* Sie hat irgendwas zu erzählen begonnen. *Ich habe gehört, dass du zu Hause warst – was gibt es Neues in Živica?* Sie trinkt mindestens einen halben Liter Sliwowitz. Ich bringe Wurst und Käse. Sie fragt immer wieder, was unten los sei, ob Musikgruppen im Dorfgasthaus spielen würden und wer diese neue Sängerin sei … Was zum Teufel, gute Frau, weiß ich von Musik?! Ich habe kein Geld, und was im Wirtshaus passiert, ist mir egal. Ich schlage ihr vor, dass sie isst und trinkt, was sie will, aber ich muss schlafen gehen. Ich habe ihr nur gesagt, dass es in Živica nichts Neues gibt. Man kriegt keinen Kunstdünger. Und wenn man Bullen zur Zucht abgibt, bekommt man monatelang kein Geld. Alles ist teurer geworden. Ein Liter Mineralwasser ist teurer als ein Liter Milch. Immer, wenn man ins Dorf geht, gibt es mit irgendjemandem Ärger. Keiner vertraut dem anderen. Die Leute hacken aufeinander herum, auch die Familie bleibt nicht verschont … So sind sie halt, sie sind bösartig, und so etwas endet nie gut. Es gibt einen großen Neid. Jeder ist sich selbst der Nächste.

Mein liebster und einziger Sohn, achte darauf, dass du im Gymnasium gut lernst. Hör auf keinen Fall mit der Schule auf. Geh bloß nicht ins Ausland, denn das wird dir nicht gut bekommen. Möge Gott dich vor solchem Übel und solcher Qual fernhalten.

DRITTER BRIEF

Mein geliebter einziger Sohn Radiša! Man sagt, du schreibst Bücher, aber deiner Mutter schreibst du nicht einmal einen Brief. Du hörst nicht auf deine Mutter, als ob dir irgendjemand Flöhe ins Ohr gesetzt hätte. Es ist schon einige Zeit her, dass wir beide unseren Wohnort getauscht haben. Du in Wien und ich hier im Süden. Es sollte schön sein in meinem neuen Haus, und ich sollte fröhlich sein in meinem Heimatdorf. Aber das Alter ist nur für diejenigen schön, die nicht immer an die Jugend denken, so wie ich. Jetzt schreibe ich dir über meine Probleme hier. Ich habe Geld an den Handwerker Simo geschickt, damit er mir ein Badezimmer macht. Aber mit dem Geld hat er sein eigenes Badezimmer repariert. Als ich zu seiner Frau ging, um mich bei ihr zu waschen, hat sie mir etwas Wasser ins Waschbecken eingelassen. Ich habe ihm auch Geld für Material geschickt, damit er mir eine neue Scheune baut, aber er hat sich damit einen Traktor gekauft. Aber ich will gar nicht weitererzählen. Er verarscht mich immer noch: Gib mir mehr Geld, innen in meinem Polster ist schon wieder alles leer. Ich kann nicht schlafen. Ich mag nicht ins Dorf gehen, wenn ich unglücklich bin. Sie sind bösartig zu mir. Weißt du noch, wie du früher warst? sagen sie zu mir. Ich antworte: Ihr kümmert euch darum, wie ich früher war, aber ihr kümmert euch nicht darum, wie ihr jetzt seid. Sie möchten alle anderen ändern, aber sich selbst ändern sie überhaupt nicht. Betrunken vom Wein und Schnaps sagen sie, dass ich viel Geld hätte und mehr für das Dorf ausgeben sollte als die, die nicht im Ausland waren. Unwissende, elende Leute haben hier das Sagen übernommen. Dieser Drakče, der kaum die Fahrschule geschafft hat, hat gefährlich viel Einfluss bekommen. Er hat alle Macht an sich gerissen wie einst sein Vater nach dem Zweiten Weltkrieg, als es diese unglückseligen Zwangsverkäufe gab, bei denen er sich mit seinen Handlangern Volkseigentum und Vieh unter den Nagel gerissen hat. Sie haben bewaffnet Höfe überfallen und die Scheunen auf der Suche nach Mais durchwühlt. Die Schuld haben sie anderen umgehängt. Mitten im Winter haben sie Wasser auf den Beton geschüttet, damit es Glatteis gab. Sie waren die schlimmsten Leute im Dorf. Aber es gab und gibt auch andere Schurken. Einer von diesen war kürzlich im Živica, um Ferkel zu kaufen, und hat eine Masche um seinen Hals getragen. In Živica, mein einziger Sohn, jammern die Pflanzen und klagt das Vieh, was es sonst nirgends auf der Welt gibt. Die Deutschen haben mich ständig aufgezogen, dass ich eine „Auslenderin", eine Serbin sei, und den Serben wünschte man die Pest an den Hals. Selbst als wir vor langer Zeit über Slowenien nach Hause gefahren sind und rennen mussten, um in Maribor Zugkarten für ganz Jugoslawien zu kaufen, wollten die Slowenen nicht mit uns reden. Sie haben gesagt, dass sie kein Serbisch verstehen. Als ich dich und deine Schwester mit den ersten verdienten Schillingen zum Meer nach Kroatien mitgenommen habe, haben sie mit kleinen Steinen nach uns geworfen. Wir sind, du kannst dich sicher erinnern, dann nach Ulcinj in Montenegro gefahren. Ich dachte, dass es dort sicherer wäre. Aber schon damals haben diese albanischen Skipetaren mit den Fingern auf uns gezeigt und „Serbenbande" gerufen! Was ist uns also anderes übrig geblieben, als in unsere Heimat zurückkehren ... Was ist das bloß für ein Land, in dem wir angeblich alle eine große Familie sein sollten, sie uns aber dorthin zurückwünschen, von wo wir hergekommen sind. Und dann hält man uns auch noch vor, dass wir keine Serben seien, weil wir den ewigen Feinden dienen würden. In was für ein Land soll man als Gastarbeiter bloß gehen, um in Frieden leben zu können? Auch die Moslems drohen, einen zu schlagen, wenn man nach Hause zurückkehrt. Mein Sohn, du darfst keinesfalls ins Dorfwirtshaus gehen. Denn es kann passieren, dass sie dich dort zumindest mit einer Sodapatrone besprühen. Die Bewaffneten dort können dich aber auch in der Nacht fortschaffen und dich töten. Sie alle wollen Helden sein und bezeichnen uns als Verräter. Und das Gesetz schützt sie. Auch die angebliche Staatsmacht weiß nicht, wer im Dorf Waffen hat und wer sie stiehlt. Wenn du jemandem etwas stehlen würdest, würde sich das bis nach Wien herumsprechen, und wenn du eine Waffe mitbringen würdest, würde man dich als Bandit bezeichnen. Wer Waffen hat, hat das Sagen und die Macht. Es ist eine böse Macht. Komm bloß nicht mit einem neuen Auto hierher, denn dann wird man es dir mit Steinen bewerfen. Meine Nachbarin wirft mir immer wieder vor, dass ich die Ärzte bestochen hätte, um eine Invalidenrente zu bekommen, und nur deshalb nach Wien gegangen sei. Sie sagt: Alle ziehen in die Welt hinaus, um etwas Großes zu erreichen, und dann flennen sie ihrer Heimat hinterher. Ich sage ihr, dass die Menschen vor allem wegen der Suche nach einem menschenwürdigen Leben aufgebrochen sind und auch dann fortgegangen wären, wenn sie hier zehn Hektar Land gehabt hätten. Auch die Armen würden ihre Kinder und Enkel ins Ausland schicken. Warum das so ist? Der Staat hat sie in ihrem Vaterland ausgebildet, aber aus diesem Vaterland sind sie eben weggegangen. Ihr Gehalt ist niedrig, sie haben keine Perspektiven, und das Land verfällt. So wie auch du, mein Sohn, haben sie ihre Heimat verlassen, um jetzt in irgendwelchen Löchern von Wohnungen in der Fremde zu hausen. Menschen haben ihr Eigentum aufgegeben, um jetzt die Felder von anderen Leuten zu beackern.

Der Volksmund sagt, dass jedes deutsche Ei drei Dotter hat, unser serbisches aber verfault ist.

Einer hat deiner Schwester eine Mähmaschine aufgeschwatzt, damit sie sich damit selbst über den Haufen fährt. Sie ist dem Tod nur knapp entronnen. Dann hat er sich freiwillig für den Krieg gemeldet. Wenn ich sehe, wie schlecht unsere Welt geworden ist, möchte ich all diese Gebäude niederbrennen, die wir im Ausland erworben haben, indem wir dabei buchstäblich Blut gepisst haben. Es macht mir keine Freude, darin zu leben. Ich weiß, dass es dir im Ausland noch schlechter geht. Der Deutsche möchte, dass du der beste Gast und der beste Arbeiter bist, und macht aus dir einen Gastarbeiter. Sie kennen sich mit Dummköpfen sehr gut aus. Ich weiß nicht, ob ein kluger Mensch genauso gelassen sein kann wie ein Verrückter. Und hier gibt es Gauner ohne Ende. Sie sagen dir immer noch, was du auf deinem eigenen Feld ansäen sollst, diese Bastarde. Die Mitglieder einer Familie wählen am selben Tag drei verschiedene Parteien und stoßen dann reflexartig über sich selbst und ihre Vorfahren derbe Flüche aus. Über die eigenen Vorfahren! Sie bewegen ihren Arsch von einem Sessel zum anderen. Unsere Dorfstraßen sind ein Europa im Kleinen. Und jeder schaut nur auf sich selbst. Es gibt auch solche, die ihre Muttersprache auf Deutsch geändert haben. Vor denen musst du dich am meisten hüten, mein Sohn. Und pass auf deine Kinder auf, wenn du einmal welche haben solltest. Meine Nachbarin hat mir nicht einmal Wasser zu trinken gegeben, als mein Brunnen kaputtgegangen ist. Sie hat gegrummelt: *Du hast eine Pension in Schilling und hast mich auch noch verhext, sodass ich mir das Bein gebrochen habe.* Mein Sohn, es ist hier schwer, eine Arbeit zu finden. Die Nachbarin verbietet mir, in unsere Straße zu kommen, dabei wurde ich vor ihr in dieser Straße geboren. Der Neid ist groß. Einmal bin ich zum Gemeindeamt gegangen, um mich darüber zu beschweren, dass sie bei uns Bäume fällen. Ich sagte: *Ihr greift unser Erbe an, unsere Akazien und Tannen.* Irgendein Bärtiger hat gebrüllt: *Werft dieses Monster raus!* Ich sehe also, dass ich reif für eine Tracht Prügel bin. Sie roden den ganzen Wald. Und wir sind nur gut, wenn wir Geld mitbringen und in Dinar tauschen. Wenn wir für immer zurückkehren, werden sie sagen: *Ihr habt eure Häuser verlassen, um die anderer Leute zu bauen. Ihr habt eure Eltern, Brüder und Schwestern verlassen und seid in eine andere Welt gegangen, um dort andere Brüder und Schwestern zu finden, die euch verstehen; ihr habt eure Geräte, Stoffe, das Geschirr und die serbische Ehre verkauft, um euer Leben als Vagabunden zu rechtfertigen. Ja, es gibt Menschen, die ihre eigenen Kinder wegen des Geldes anderer Leute im Stich lassen. Das ist die größte Sünde.*

Sechsmal ist heute einer mit seinem Auto an unserem Haus vorbeigebraust. Er fuhr so schnell er nur konnte, um möglichst viel Staub aufzuwirbeln. Es war unmöglich, in den Hof zu gehen. Als ich ihn angesprochen habe, hat er das Autofenster geöffnet und mich angeschrien. *Ich habe Macht, und das werde ich dich spüren lassen.* Das passiert, wenn wir unser Leben billig verkaufen. Auf einen kurzen Erfolg folgt ein langer Verfall. Es spielt keine Rolle, was wir verloren haben, mein Sohn, sondern es zählt nur das, was von uns übrig ist. Unsere Fehler mögen dir eine Warnung sein. Wir haben schon vor langer Zeit unsere Strafe bekommen. Dein Vater hat um sein eigenes Leben getrauert, weil er gewusst hat, dass niemand um ihn weinen würde. Die Wahrheit über seinen Tod ist wertvoller als alle Lügen über sein Leben. Sein verschwendetes Leben wiegt den Tod nicht auf.

Er und ich haben dir das Leben geschenkt. Es liegt an dir, dir dieses Leben nun beizubringen. Das Leben ist ein Kampf, in dem man stirbt und in dem man umkommt, das sage ich dir als deine Mutter. Meine Zukunft kann ich überhaupt nicht vorhersagen. Ich werde älter und schwächer. Ich schweige immer mehr. Und in meiner Stille reihen sich Schreie aneinander. Du hast in einem deiner Gedichte geschrieben, dass der, der nichts zu sagen hat, das Schweigen lernt. Seitdem schweige ich. Die Nächte sind lang und still. Und auch wenn meine Erinnerungen schön langsam abbrennen, können sie mich immer noch wärmen. Meine Kraft ist erlahmt. Schlechte Menschen vergesse ich gerne. Und du, mein einziger Sohn, lass dir deine Seele keinesfalls von nichts und niemandem verbrennen. Dort, in der großen Stadt, wo du jetzt statt mir lebst, ist nur das von Wert, was du im Haus hast; hier im Dorf aber ist das, was du außerhalb des Hauses hast, wertvoller. Außerhalb unseres Hauses sieht man wegen des Unkrauts keine Blumen. Den ganzen lieben langen Tag lang streiten die Leute nur herum. Sie wollen nicht für Dinar arbeiten. Sie haben Angst, dass die Schwachen zugrunde gehen. Sie fragen, wer denn von der Arbeit schon reich geworden sei. Aber selbst die kleinste Ameise weiß, dass sie die ganze Zeit arbeiten muss. Es gibt keine Rechtfertigung dafür, hungrig zu verrecken. Es tut mir immer noch weh, dass du auch den Fehler gemacht hast, von hier wegzugehen. Aber ich hoffe immer noch, dass du weißt, was Glück ist und wo du es finden kannst. Es geht nicht darum, dass du fortgegangen bist, sondern darum, dass du zurückkommst. Kehre rechtzeitig zurück. Das ist wichtiger, als pünktlich zu gehen. Sei bloß nicht enttäuscht, wenn du dir in der Fremde immer wieder selbst begegnest. Einer etwa hat seine Äcker nur deshalb aufgegeben und ist fortgegangen, weil das Land nicht ihm gehörte und er sein eigener Herr sein wollte. Das sollte dir egal sein. Und denke daran: Wenn ein Mensch weggeht, verlässt er weder sein Land noch verlässt sein Land ihn. Als du fortgegangen bist, habe ich dich immer gewarnt, dass in Wien eine „baustela" und ein Leben in einem großen grauen, dreihundert Jahre alten Wohnblock voller Ratten, mit unseren und türkischen Gastarbeitern und ohne einen einzigen Österreicher auf dich wartet. Ein Haus mit einem viele Meter tiefen Keller, der durch und durch vor

Feuchtigkeit trieft. Einige dieser Häuser haben nicht einmal Strom, weil die Mieter die Rechnungen nicht bezahlt haben. Eine Frau, die mit mir gearbeitet hat, hat immer eine brennende Kerze beim Haustor aufgestellt, um so das Ungeziefer zu vertreiben. Die Menschen waschen sich dort in den dunklen Gängen dieser Gebäude, deren Fassaden mit Löwen und verschiedenen anderen großen Statuen geschmückt und verziert sind. Die Touristen haben keine Ahnung, welches Elend und welcher Jammer hinter diesen Fassaden herrscht. Sie werfen nur selten einen Blick in diese finstere Welt. Die Wiener begrüßen dich brav mit „Krisgot", aber ganz ohne jede Emotion, so als würden sie ihre Träume des letzten Jahres begrüßen. Deine Finger werden von der harten Arbeit knacken und krachen, ganz egal, wie dick deine Handschuhe auch sein mögen. Aus deiner Seele wird dir ein Buckel herauswachsen, der einem fauligen Misthaufen gleicht. Tränen werden deine Augen trüben. Du wirst Geld für dein Haus in der Heimat oder besser gesagt für deine eigene Totengruft zusammentragen, die man heute hier bei uns herunten mit „Sack-und-Pack"-Möbeln ausstattet, für die man sich in Wien die Finger blutig geschuftet hat. Dein Leben wird ohnehin entweder mit viel Geld oder nur einem Stück Brot zu Ende gehen. Dein Vater hat sich für unser tägliches Brot geopfert. Das Leben wird nicht vererbt, sondern muss von jedem Einzelnen mühsam bestritten werden. Ach, mein liebes Kind, du hast dich dafür entschieden, ein Sklave zu sein, und wirst bis zu deinem Tod die Peitsche anderer ertragen müssen. Lass dir mit der Ehe Zeit. Denn wer in seinem Leben die falsche Ausfahrt nimmt, darf nicht in die Einfahrt eines anderen einbiegen. Du darfst deine Zeit nicht mit diversen Dummheiten verschwenden. Noch weniger darfst du dich zu einem Sklaven machen. Lerne aus dem schlimmen Schicksal deines Vaters. Es ist nicht richtig, wenn du mich zu überzeugen versuchst, dass jemand, der nicht für sich selbst denkt, einen anderen belastet. Von deinem Verstand wird dir noch der Kopf wehtun. Ein eigener Weg nützt dir nichts, wenn ihn dir ein anderer Mensch vorgibt. Und bitte lass die Finger von der Politik. Gib dich nicht mit diesen Gaunern ab. Während wir Brot teilen, teilen sie Ratschläge aus. Sie kommen mit sich selbst nicht klar, weshalb sie über andere bestimmen wollen. Wenn du dich mit ihnen einlässt, kannst du zwar machen, was du willst, aber am Ende wirst du nur Dinge zurückbekommen, die du nicht willst. Denn sie feiern den Tod. Sie versprechen uns das ewige Paradies, doch tatsächlich kommen wir in die Hölle. Sie freuen sich über unsere Not. Sie tragen Honig auf der Zunge, aber Gift im Herzen. Politiker leben vom Unglück anderer Leute, sie sind Bastarde! Für ihren Erfolg würden sie, wenn sie könnten, sogar Tote zum Leben erwecken. Sie stehlen die Vergangenheit anderer Menschen. Und jeder Eintopf hat andere Gewürze. Die Schwätzer werden immer mächtiger. Es ist ein Unglück, wenn sich die Politik über das Leben, über die Menschen, über alles erhebt. Feiglinge sind die, die weder das Böse bestrafen noch das Gute belohnen. Sie tun sich schwerer, Siege anderer Menschen zu ertragen als eigene Niederlagen. Bitter ist das Lachen derer, die anderen Tränen wünschen. Bleib unter gewöhnlichen Menschen und verhalte dich unauffällig. Du hast dich entschieden, ein Gastarbeiter zu werden – ein Mensch, der ständig im Ausland lebt und nur gelegentlich in sein Heimatland kommt. Du bist unter die Arbeiter gegangen, obwohl du auf dem Gymnasium warst und gelernt hast, was Arbeit bedeutet. Aber du sollst wissen, mein Sohn, dass ein Mensch, der sich an einen anderen verkauft, sich eines Tages auch wieder freikaufen muss. Und so wirst du all jene zu hassen beginnen, die Geld haben, um sich freikaufen zu können. So wirst du, mein einziger Sohn, zu einem Menschen, der nicht weiß, was er will, und auch nicht will, dass er etwas weiß. Du hast im Gymnasium Gedichte geschrieben. Aber weißt du etwa nicht, mein unglücklicher Sohn, dass noch kein

Arbeiter während der Arbeit ein Buch geschrieben hat? Ein Opfer für einen kleinen Nutzen wird zu einem großen Schaden. Einen Rat möchte ich dir noch mit auf den Weg geben: Halte dich an jene Gastarbeiter, die ein Herz für alle haben, die mit ihren Taten sprechen und geduldig sind und sich nicht wie eine Fahne im Wind drehen. Das mögest du auch deinen Kindern beibringen. Halte dich von denjenigen fern, die die Sterne anbellen und mit dem Strom schwimmen. Sie sind eine Schande, und es gibt von ihnen viel zu viele. Meide gelehrte Narren. Gib deinen Kindern eine eigene Bildung mit, bevor sie in die Schule gehen müssen. So etwas kommt in Wien oft vor. Halte dich von denen fern, die alles haben, aber herzlos sind. Sie beißen. Sie leben voller Trotz in ständigem Widerspruch und laufen vor sich selbst davon, so wie es dein Vater getan hat. Lass sie ruhig allein ihrem Geld hinterherjagen. Gott möge dich davor bewahren, dass du selbst so wirst. Hüte dich vor denen, die die Zukunft selbst bestimmen wollen und schon jetzt behaupten, dass sie uns Gastarbeiter erfunden hätten. Aber du hast dich eben freiwillig unter die Gastarbeiter begeben. Und ein Gastarbeiter hat einen Körper ohne Seele. Er ist, mein Sohn, eine wandelnde Leiche. Die Träume der Reichen sind nicht nur allein von Gier getrieben, sondern auch vom Wunsch, die Armen zu bestehlen. Ein Gastarbeiter ist auch in seinem eigenen Zuhause nur ein Gast. Man liebt ihn am meisten, wenn er wieder fortgeht. Diejenigen, die gut darin sind, das Unglück anderer Menschen zu beschönigen, und sich gerne als Tröster ausgeben, werden dir aus dem Weg gehen. Fall bloß nicht auf diese gefährlichen Menschen herein, denn sie sind in Wahrheit aggressive Sektierer. Sie haben viele unserer Leute mit schönen Worten betört und ihren schönen orthodoxen Glauben gegen einen anderen ausgetauscht. Wenn du in ihre Fänge gerätst, gibt es keinen Ausweg mehr – sie erpressen dich und drohen, dich zu töten. Ein Gastarbeiter ist immer die Person, die andere aus ihm machen wollen. Was wäre Wien ohne den Flohmarkt am „Našmarkt"? Das Leben, mein Sohn, ist ein Spiegel, in dem du dich immer in den anderen rund um dich herum wiedererkennst. Achte darauf, dich selbst nicht zu spät und andere nicht zu früh kennenzulernen. Hüte dich auch vor der Liebe. Vor allem von den dortigen Frauen. Die Wahrheit ist, dass Liebe das Herz erweicht, aber wenn du schon nicht weißt, wohin dich dein Lernen führen wird, wirst du noch weniger wissen, wohin dich die Liebe führen könnte. Reiß dir wegen einer Frau nicht deine eigene Seele heraus. Spar dir deine Liebe auf und tu das vor allem dann, wenn du niemanden zum Lieben hast. Es wird Tage geben, an denen Du kein Frühstück und kein Abendessen hinunterbekommst, weil du verliebt bist, und es werden Tage kommen, an denen du in der Nacht nicht schlafen kannst, weil du hungrig bist.

Nachts war ich meistens wach. Ich habe gespürt, du mein einziger Sohn, dass du an meiner Seite warst. Mir wurde bewusst, dass deine Abwesenheit nicht bedeutet, dass du nicht da bist, und deine Anwesenheit nicht bedeuten muss, dass du wirklich da bist. Dann habe ich zu weinen angefangen und mich besser gefühlt. Es ist besser, sich zum richtigen Zeitpunkt gut auszuweinen, als sich das ganze Leben lang ohne eine einzige Träne Sorgen zu machen. Achte bloß darauf, dass dein Leben im Ausland nicht zu einer Notwendigkeit und Verpflichtung wird, weil das zu einem freiwilligen Tod führt. Ein solcher Fall in unserer Familie reicht völlig aus. Deshalb komm, du mein einziger Sohn, zu deiner Mutter zurück. Komm zurück, bevor es zu spät ist. Und nimm nicht die Staatsbürgerschaft an, so wie es alle Unsrigen tun. Davon wirst du nicht klüger werden. Hier in unserer Heimat werden neue Hände für die Ernte benötigt. Wenn ich über unsere Felder blicke, muss ich weinen. Wann wirst du zurückkommen, mein Sohn, wann wirst du deine Irrfahrt in der vergeblichen Hoffnung auf Glück in der Fremde beenden? Es ist nicht wahr, dass sie dich dort, wo du sein möchtest, nicht wollen, aber jetzt bist du weder hier noch

dort. Ich weine oft, aber Gott kümmert sich nicht um meine
Tränen. Und das Weinen wird es so lange geben, solange es
Menschen und die Welt gibt.

Mein einziges Kind, deine Mutter liebt dich und wartet
auf dich.

VIERTER BRIEF

Mein geliebter einziger Sohn Radiša! Dieser Brief wird kurz
und bitter sein. Ich werde nicht mehr herumheulen wie im
vorherigen. Ich werde dich nicht bitten, zurückzukommen,
weil es jetzt nicht die Zeit ist, zurückzukommen. Bei uns geht
wieder der KRIEG um. Sie bewaffnen sich, sie drohen ... Gott
steh uns bei. Ich wusste, dass es Krieg geben wird. Die Farbe
unseres Flusses hatte nie zuvor die Farbe von Tinte. Man hat
dir in der Schule beigebracht, dass Wasser farb- und geruchlos
ist. Nun, jetzt stimmt das nicht mehr. Im Wasser sind Gifte.
Es bringt uns nichts Gutes. Man sagt, dass einige Flüsse strom-
aufwärts zu fließen begonnen haben. Die Menschen sind in
großer Zahl auf die Straße gegangen. Die Straße ist nicht mehr
so ehrenwert wie früher. Betrüger haben sich die ganze Nacht
vor unserem Haus geprügelt. Es gibt auch solche, die wegen
Krankheiten nicht in der Armee gedient haben und ins Ausland gegangen sind, damit andere an ihrer Stelle sterben. Gut,
dass du diesem Religionskrieg zwischen bosnischen Muslimen
und Katholiken auf der einen Seite und orthodoxen Serben auf
der anderen Seite entkommen bist. Einige sind mit Traktoren,
Waschbecken, Kühlschränken und was weiß ich sonst noch
für Dingen in diesen Krieg gezogen. Die meisten aber mit Ge-
wehren und sonstigen Waffen. Wer sich mit fremden Federn
schmückt, geht den eigenen an den Kragen. Mörder aus Mut-

willigkeit. Das Böse erkennt man dadurch, dass es angreift, das Gute darin, dass es sich wehrt. Es reicht nicht, gegen das Böse nur anzukämpfen. Das Böse muss besiegt werden. Und diese Welt ist groß. Jeder hat Platz auf ihr. Wofür kämpfen sie, mein Sohn? Wissen sie nicht, dass am Ende jedes Krieges schwarz gekleidete Witwen und weinende Mütter stehen? Sie wissen es nicht, weil sie sonst nicht so glücklich wären und so viele Gewehre hätten. Ein Angriff ohne Grund ist eine Sünde. Wer gewinnen will, muss zuerst verlieren lernen. Sie sterben für Ruhm oder wollen heilig sein, aber der Teufel kennt sie genau. Unsere Seelen werden wieder einmal von Stiefeln zertrampelt. Wer das Böse verteidigt, den nährt der Hass. Für beabsichtigte Siege werden auch beabsichtigte Opfer in Kauf genommen. Schon wieder wird eine blutige Schuld über uns kommen. Der Geruch der Farbe des Todes. Wer sich vor Angst in die Unterhose pinkelt, muss nicht nur die Unterhose wechseln. Ein gezogenes Schwert war noch nie stärker als ein Verteidiger. Wir sollten sie alle unter sieben Hügeln begraben und an diesem Ort einen fruchtbaren Baum pflanzen, der uns fruchtbare Segnungen spendet. Freunde sind seltenere Gäste als Feinde, daher ist bei uns auch häufiger Krieg als Friede. Aber nur im Frieden kann ein Mensch Glück finden. Doch bei uns hilft nicht einmal mehr ein Fluch. Hoffentlich hört zumindest irgendjemand unsere Seufzer. Die größte Sache im Krieg besteht darin, aus sich selbst einen Menschen zu machen. Aber der Mensch wagt es öfter, dem Bösen zu dienen, als am Bösen zugrunde zu gehen.

Es ist Nacht und ich bin allein im Dunkeln. Ich lausche dem Wind. Und den Schüssen.

Mein lieber einziger Sohn, deine Mutter liebt dich mehr als ihre eigenen Augen und bittet dich, nicht in dieses verrückte Land zurückzukehren, wo es Krieg gibt und ein Bruder den anderen tötet.

Aus dem Serbischen übersetzt von Arno Wonisch

Homeschooling

In der Coronazeit war Eva im Homeschooling. Das hatte viele Vorteile. Unter anderem den, dass Schüler im Fall des Falles auch ihre Eltern um Rat bei den gestellten Aufgaben fragen konnten. Sozusagen ein häusliches „Backup", sofern die Väter und Mütter nicht überfordert waren, was diese aber nie zugegeben hätten. So wurde Homeschooling zum gemeinsamen, familiären Erlebnis. Intensiver sogar als der Urlaub am Meer oder Mamas Geburtstagsfeier.

Nun zählt Evas Vater allerdings zu den pädagogisch versierten Elternteilen, die ihren Kindern nicht einfach die Arbeit abnehmen, sondern sie fordern, von ihnen verlangen, dass sie sich bemühen, selbstständig die Aufgaben zu lösen.

An jenem Tag freilich hatte Eva dafür überhaupt keine Zeit, war doch für den Nachmittag die Siedlungsmeisterschaft im Skateboarding angesagt. Leider war im Rahmen des Homeschooling auch eine Mathematikhausübung angesagt. Die Lösung: Der gute Vater sollte die Mathe-Hausübung für die Tochter übernehmen, sofern er diese wirklich liebt. Aber wie bringt man das dem Erzeuger bei?

Hier erwies sich Eva als clever.

Blenden wir also zurück.

„Papa!"

„Ja, meine Tochter?"

„Hilfst du mir bitte bei der Mathe-Hausübung nicht!"

„Hab ich auch nicht vor, aber warum sagst du das?"

„Die Frau Professor hat gesagt, wir sollen uns nicht von unseren Eltern helfen lassen!"

„Da hat sie recht!"

„Weil sonst geht es daneben, hat sie gesagt!"

„Was heißt, es geht daneben?"

„Na ja, weil die Eltern kennen sich nicht aus und verwirren uns und am Schluss kommt was Falsches heraus, bei der Rechnung!"

Überflüssig, darauf hinzuweisen, dass die Professorin das natürlich nie und nimmer gesagt hat!

Aber Evas Kalkül geht auf.

„Wie kommt deine Professorin dazu, so etwas zu sagen?!" Der Vater greift bereits nach Evas Laptop, um die Mathe-Hausübung in Augenschein zu nehmen. „Zeig her!"

„Das sollst du aber nicht, Papa!"

„Das ist ja lächerlich! Was sag ich lächerlich, eine Frechheit ist es von der Professorin, die Eltern als blöd hinzustellen!"

„Sie hat's wahrscheinlich nicht so gemeint, Papa!"

„Weiß deine Professorin eigentlich, dass ich studiert habe und Magister bin?"

Die Professorin weiß es nicht! Sie weiß überhaupt nichts von dem, was sich hier zwischen Vater und Tochter abspielt. Letztere zieht sich quasi widerwillig vom Laptop zurück, den der Vater immer nachdrücklicher in Beschlag nimmt. „Das wollen wir doch sehen, sehr geehrte Frau Professor!"

„Du, Papa, ich muss schnell einmal rüber zur Biggy!"

„Ja, ja – stör mich jetzt nicht!"

Während die clevere Eva mit dem Skateboard aus dem Haus schleicht, nimmt sich der Vater mit der Feststellung „Ich habe schon gerechnet, da hat die Professorin wahrscheinlich noch nicht einmal lesen können!" das erste Beispiel der Mathe-Hausübung zur Brust – eine Textgleichung mit zwei Unbekannten!

„Vermindere ich die erste von zwei Zahlen um 5 und dividiere sie durch die um 5 verminderte zweite Zahl, so erhalte ich 3 als Quotient; dividiere ich aber die um 3 vermehrte erste Zahl durch die um 3 vermehrte zweite, so erhalte ich 2 als Quotient. Wie heißen die beiden Zahlen?"

„Gut!" Der Vater fährt seine Denkerstirn aus. „Solche Gleichungen haben wir seinerzeit als mathematische Aufwärmrunde gelöst!" Er rückt den Laptop näher ans Fenster. „Wichtig ist, dass man die Angaben genau liest, dass man nichts übersieht!" Er schaltet zusätzlich die Schreibtischlampe ein. „Genauigkeit ist die halbe Lösung." Der Vater liest die Angabe noch zwei Mal. „Interessant! Eine sehr interessante Aufgabe!"

Nach zehn Minuten überkommt den Vater das Bedürfnis, sich eine Zigarette anzuzünden, wie er es immer tut, wenn er sich konzentriert. Allerdings fällt ihm ein, dass er vor zwei Wochen mit dem Rauchen aufgehört hat.

Keine Zigarette.

Außerdem braucht er sich für so eine leichte Rechnung nicht groß zu konzentrieren!

„Also, da haben wir die erste Zahl X – und die zweite Y – und das ist auch schon die Basis für die Lösung, Frau Professor!" Letzteres ruft er in den leeren Raum hinein, so als stünde er in der Klasse an der Tafel und die Professorin säße daneben, staunend ob des gescheiten Prüflings!

Weiter geht es in einem Tempo, das jeden Computer erblassen lässt! „X minus 5 und Y minus 5 – das Ganze dividiert, also als Bruchrechnung! Und zack – X minus 5 durch Y minus 5 ist gleich – der Quotient 3!"

Der Vater atmet durch. Und holt sich eine Banane. Vitamin B stärkt das Denkvermögen und ist ein Ersatz für die Zigarette. „Nicht, dass ich das brauchen würde!", sagt der Vater zu sich selbst.

Die Banane wirkt.

„Erste Zahl X plus 3 dividiert durch y plus 3 – ergibt 2!"

Da stehen sie nun, die beiden Brüche und warten auf den nächsten Schritt.

Wie war das gleich damals? Den Zähler multiplizieren – nein, den Nenner – oder beides – dividieren – aber immer auf die Vorzeichen achten – aus Plus wird Minus – und …

„Was wir brauchen, ist eine Klammer, logisch! Die Klammer ist das Wichtigste!"

Der Vater holt sich einen Kaffee.

„Wir haben immer alles in Klammer gesetzt, aber heutzutage gibt's ja keine Ordnung mehr – auch nicht in der Mathematik, alles ist erlaubt!"

Nach einer weiteren halben Stunde ist der Vater nah dran am Ergebnis: „Nur noch die Wurzel aus minus X in Klammer zum Quadrat mal 555 Y!"

Vielleicht doch nicht so nah.

„Ich prüf den Rechengang nochmals", beschließt der Vater und beginnt von vorn, nachdem er sich eine Zigarette angezündet hat. Und er öffnet am Handy die Taschenrechner-Funktion, muss aber feststellen, dass es dort nur Ziffern, aber weder X noch Y gibt. „Mist, elektronischer!"

Hausaufgaben erfordern ihre Zeit. Hausaufgaben muss man in Ruhe erledigen. „Beim Hudeln schleichen sich Rechenfehler ein", sagt sich der Vater. „Das war das Erste, was wir in der Schule gelernt haben!"

Draußen ist es dunkel geworden.

Tochter Eva, inzwischen als Siedlungsvizemeisterin im Skateboarden zurückgekehrt, sitzt übrigens zu dieser Zeit in ihrem Zimmer und macht Hausaufgaben. Mathematik ist bereits erledigt, jetzt lernt sie die Englischvokabeln. Den Kontakt mit ihrem Vater im Wohnzimmer meidet Eva aus gutem Grund. Wurde sie doch bei der Rückkehr vom Skateboarden mit den Worten empfangen: „Eine Gleichung mit zwei Unbekannten hat dein blöder Vater schon in der Volksschule gelöst, richte das deiner Frau Professor aus!"

„Karl, du rauchst wieder?" Die Ehefrau und Mutter ist heimgekommen. Sie findet ihren Mann, abgesehen vom vollen Aschenbecher, in eher derangiertem Zustand vor. Halb auf dem Laptop liegend, das Haar zerzaust, der Blick wirr, ein Dutzend Kaffeetassen am Schreibtisch. Beinahe wäre sie auf einer der Bananen-schalen ausgerutscht, die am Boden verstreut sind. Und was ihr Mann sagt, wirkt auch höchst beunruhigend: „Hast du ge-wusst, Schatz, dass X mal X größer ist als Y minus die dritte Potenz?" Zumal er in der Folge das Fenster öffnet und in die Nacht hinausruft: „Aus Plus wird Minus und aus Minus wird Plus, merkt euch das, ihr Idioten!"

Endgültig eskaliert die Sache, als der Vater am nächsten Morgen, bewaffnet mit einem Golfschläger, im Konferenz-zimmer von Evas Schule auftaucht, die Mathematikprofessorin als Geisel nimmt und sie zwingen will, folgende Rechnung zu lösen:

„Wenn sich auf einem chinesischen Schiff 26 Schafe und 10 Ziegen befinden, wie alt ist dann der Kapitän?"

In der psychiatrischen Klinik ist für den Arzt rasch klar, dass dieser Patient weder Medikamente noch Logotherapie oder Tiefenanalyse braucht, sondern nur einen dringenden Rat: „Meiden Sie alles, was mit Homeschooling zu tun hat!"

Auszug aus „Energiehunger – Fracking, bis die Erde bebt"

Micha verdrehte die Augen und sagte scherzhaft: „Müssen?? Ok, du hast morgen Geburtstag. Ich habe wohl keine andere Wahl und werde mit dir in die Shopping-Meile gehen." Er küsste Anne auf den Mund und zog sie an sich. Sie freuten sich beide auf diesen langersehnten, gemeinsamen Tag. Die Kinder waren bei Oma und Opa und ließen sich dort kräftig verwöhnen.

In der Stadt checkten sie im Hotel ein. Kaum im Zimmer angekommen, klingelte Michas Handy. Sein Vorarbeiter war am Telefon. Micha: „Was gibt es?" „Morris kann morgen nicht zur Arbeit kommen. Er hat sich den Knöchel gebrochen. Was nun?" Micha: „So ein Mist. Ich kann doch jetzt nicht kommen. Ich habe Anne schon so oft versetzt. Das verzeiht sie mir nie." „Ich weiß, dass Anne Geburtstag hat. Ich versuche es weiter, vielleicht kann Glen kommen. Ich schaffe es vielleicht auch allein. Die Anlage arbeitet wie immer sehr ruhig. Es ist alles in Ordnung." Micha: „Gut, falls etwas sein sollte, rufe mich an und versuche es bei Glen. Ich bin morgen wieder zu Hause." Micha legte auf. Anne kam aus dem Bad. „Waren das die Kinder am Telefon?" „Nein, Jason hat angerufen. Es ist nichts Wichtiges. Bevor wir essen gehen, sollten wir aber zu Hause anrufen und sagen, dass wir gut angekommen sind." Anne: „Ich rufe schnell an und dann lass uns essen gehen. Ich habe großen Hunger."

100 km weiter wurden indessen Wasser, Sand und Chemikalien in unterirdische Gesteinsschichten gepresst und Druck erzeugt, um das Gas freizusetzen. Die Nachtschicht hatte begonnen. Der Vorarbeiter Jason hatte alle Hände voll zu tun. Leider konnte er

Glen immer noch nicht erreichen. Dann musste es eben ohne Ingenieur gehen. Die Geräte liefen wie immer ohne Vorkommnisse. Alle Mitarbeiter arbeiteten routinemäßig. Jeder kannte seinen Arbeitsplatz in- und auswendig.

Um 20.00 Uhr war die erste Pause. Bis auf die Notbesatzung gingen alle anderen in die Kantine. Dort wartete wie immer ein schmackhaftes Essen. Nach 20 Minuten kamen alle wieder an ihren Arbeitsplatz zurück. Jason wurde abgelöst und wollte ebenfalls mit zwei anderen Mitarbeitern in die Kantine gehen, als sie plötzlich ein unbekanntes Geräusch hörten. „Hört ihr das auch?" „Was ist das?" Sie schauten zu den Bildschirmen, die übergroß an den Wänden hingen. Aller Augen waren auf die Anzeigetafeln gerichtet.

Obwohl die Bohrungen reibungslos voranschritten, wurde die Gasmenge immer weniger.

Die Messungen hatten jedoch reichlich Gasvorkommen ergeben. Der Vorarbeiter konnte es sich nicht erklären und kontrollierte alle halbe Stunde die Messungen. Er musste noch einmal bei Micha anrufen: „Was ist los?"

„Ich weiß auch nicht, es kommt einfach nicht genügend Gas an. Obwohl das Fracking bereits erfolgte. Es müsste einfach mehr Gas ankommen." Micha: „Hast du den Chemiecocktail überprüft?" „Ja, natürlich, wie immer haben wir den Cocktail weit unterhalb der Grundwasserschicht freigesetzt. Die Messungen zeigen auch an, dass alles wie immer ordnungsgemäß läuft." Micha: „Gut, prüfe erst einmal weiter und setze noch einmal einen Chemiecocktail." „Okay, mache ich."

Anne: „Was ist los?" Micha: „Irgendetwas stimmt nicht mit dem Druck in der Anlage, aber ich kann von hier aus auch nichts machen. Wir lassen uns den Abend nicht verderben." Anne schmiegte sich an Micha: „Du hast gute Leute, die machen das schon." Micha lächelte und lenkte sich und Anne mit Gesprächen ab. Seine Gedanken schweiften allerdings ständig zum Fracking.

Auf der Bohrfläche suchten der Vorarbeiter und seine Leute nach dem Fehler. Immer wieder kontrollierten sie die Frackinganlage und die Messungen. Sie hatten noch einen Chemiecocktail gepresst und warteten die Ergebnisse ab. Endlich wurden die Gasmessungen besser. Zwar unter den Erwartungen, aber immerhin im normalen Bereich.

Jason rief Micha an und gab Entwarnung. „Was konntest du herausfinden?", fragte Micha. „Ich kann es dir nicht genau sagen. Ich denke, der erste Chemiecocktail baute für diese Gesteinsschicht zu wenig Druck auf. Nach dem zweiten Cocktail funktionierte alles wieder. Es kommt zwar weniger Gas an, das kann aber auch mit dem Schiefergrund zu tun haben. Mach dir keine Gedanken. Es läuft alles." Endlich konnte Micha den Abend mit Anne genießen.

Am nächsten Morgen gingen Micha und Anne nach einem reichhaltigen Frühstück in die Einkaufspassage und kauften Geschenke für die Mädchen. Micha schenkte Anne zum Geburtstag ein passendes Armband zu ihrem Ring. Anne: „Es ist sehr schön, aber viel zu teuer." Micha: „Ich möchte es dir gern schenken. Außerdem können wir uns auch einmal etwas leisten. Ich finde es sehr schön und es passt zu dir."

Unterwegs nach Hause hörten sie ihre Lieblingsmusik. Kaum zu Hause angekommen, wurden sie von den beiden Hunden begrüßt, gleich danach kamen die beiden Mädchen angerannt. „Mama, Mama, mach die Augen zu!" Jasmin und Julis führten Anne in den Garten und riefen: „Happy Birthday, Überraschung!" Annes Eltern warteten bereits im Garten.

Micha ging ins Haus und wollte alles für das Barbecue vorbereiten. Das Telefon im Haus klingelte und Micha nahm den Hörer ab. Sein Freund und Mitarbeiter Jason war am Telefon. „Micha, es ist alles okay. Du kannst morgen früh hier auftauchen." „Sehr gut. Dann können wir heute noch zusammen mit meinen Eltern essen. Die Kinder freuen sich auch." „Hast du schon in den Nachrichten von der Trinkwasserverseuchung gehört?" „Nein, was ist passiert?" „Circa 50 Meilen von unserer Station entfernt sind viele Tiere verendet. Sie haben wahrscheinlich Wasser aus dem kleinen See getrunken. Der wird gerade untersucht." „Zum Glück kann es nichts mit uns zu tun haben. Sind Menschen betroffen? «Es gab keine Meldung über Menschen. Allerdings wurde der See erst nach den ersten toten Tieren abgesperrt." „Ich werde mal in der Firma anrufen. Bis morgen – bye." „Bye, Micha."

Micha rief in der Firma an und ließ sich zu seinem Boss durchstellen. Der ging sofort an den Apparat. „Hey, Boss." „Gut, dass du anrufst. Wie gehts Anne? Bestell ihr schöne Grüße." „Mach ich. Wie siehts aus. Weißt du etwas über die Wasserverseuchung?" „Auch nicht viel mehr als das, was in den Medien berichtet wurde. In der Nähe befindet sich eine Fabrik. Nicht, dass die versuchtes Wasser in den See gelassen haben. In deren Haut möchte ich nicht stecken" „Ich auch nicht. Also gut, ich melde mich morgen zur Baubesprechung im Büro." „Bye, bis morgen und noch viel Spaß beim Feiern."

Micha ging nachdenklich in den Garten. Dort warteten alle bereits auf ihn. Das Barbecue wurde inzwischen angerichtet und roch schon lecker. Es wurde ein schöner Abend in der Familie. Es sollte wohl vorerst der letzte sein.

Am nächsten Morgen fuhr Micha zur Arbeit. Um 8.00 Uhr war die Baubesprechung angesagt. Im Radio meldeten sie immer wieder neue Nachrichten zum Unfall am See. Inzwischen waren auch viele Menschen betroffen, die in der Nähe des Sees wohnten oder sich aufhielten. Einige wurden mit schweren Vergiftungen und Hautausschlägen ins Krankenhaus eingeliefert.

Das Telefon klingelte. Sein Vorarbeiter. „Micha, wo steckst du?" „Ich bin auf der Autobahn. Was gibt es?" „Hier wimmelt es von Experten und Green-Mitgliedern. Wahrscheinlich prüfen sie auch unsere Firma wegen der Verseuchung." „Ich beeil mich. Hat der Boss schon nach mir gefragt?" „Na klar, du sollst gleich zu ihm kommen, er ist ziemlich nervös. Die ersten Gespräche hat er bereits hinter sich. Die Presse ist schon ganz heiß darauf, uns zu zerpflücken. Also beeil dich." „Bin gleich da."

Micha fuhr schneller. Vor dem Betriebsgelände wimmelte es von Menschen. Die ersten Reporter waren natürlich auch zur Stelle. Zum Glück kamen sie nicht auf das Firmengelände. Micha fuhr vor das Bürogebäude. Seine Sekretärin lief sofort auf ihn zu, als sie ihn sah. „Du sollst sofort zum Boss kommen. Es sind bereits mehrere Gutachter und Prüfer anwesend."

Micha ging sofort in die Chefetage. Die Chefsekretärin ließ ihn auch sofort ins Zimmer. Michas Boss und einige Vorstandsmitglieder sowie die Herren von Green und zwei andere Männer, die Micha noch nicht kannte, saßen am großen Tagungstisch. Micha wurden den Herren vorgestellt.

Gedicht und Geschichte

Tantengedicht vom 11. Juni 2021

Vier sonderbare Tanten
waren unsre Verwandten!
Ihre seltsamen Geschichten,
will ich euch jetzt berichten.
Doch zuerst stell ich deren Eltern vor,
denn wer **das** vergisst, der bleibt ein Tor:
ohne Eltern keine Kinder,
ohne Befruchtung keine Rinder.

Die Geschichte vom fehlenden Vater,
der Erzeuger war, liebloser Berater:
Er war ein genialer Erfinder,
liebte die Ruhe mehr als die Kinder.
Er bezahlte knapp deren Futter.
Die Betreuung überließ er der Mutter.

Die Geschichte der Mutter, der frommen,
die die Kinder von Gott hat bekommen:
Die überforderte Martha, oft krank,
fand nur sehr selten den Rank
mit sechs Kindern, eigentlich sieben –
das vierte war nicht auf der Erde geblieben:
Margritchen starb nach kurzer Zeit.
Die Mutter, nicht für Irdisches bereit,
hätte lieber statt hienieden
ihr Leben im Kloster vertrieben.

Nun stell ich euch vor die vier Tanten,
soweit wir Kinder sie kannten:

Die Tanten, beinahe erwachsen alle,
vermissten sehr – psychologische Falle –
einen Mann, einen lieben Gottvater,
der sie mehr liebt als seinen Kater,

der die Frauen versteht und erhört,
deren Nähe ihn nicht nur stört.

Die älteste Tante, **Cornelia,**
glich keinesfalls Ophelia –
frömmlerisch und kugelrund,
wog ewiglich zu viele Pfund,
ihr einziges sinnliches Vergnügen
war essen – ich will nicht lügen:
ernährte sich nicht von Arbeit und Geist –
ora et labora – wie die Bibel verheißt.
Beim Seifen Stäubli in Pfäffikon –
beim *Sorein* Fabrikanten– oh pardon! –
verdiente sie viel zu wenig
als Sekretärin dieses Königs.
Der Herr und Diener der Chrischona,
fischte nach Jungfraun – Santa Fiona!! –
für seine Gemeinde. Die sollten beten,
dafür würd' er ihre Seelen retten
mit Bibelsprüchen, Kirchengängen
sowie mit himmlischen Gesängen.
Sinnlichkeit war ihnen verpönt,
er hat ans Spenden sie gewöhnt.
Einmal im Leben durften zehn
mit ihm auf eine Reise gehn
nach Israel – ins Gelobte Land –
ihr Geld setzt' er dort in den Sand:
Für seine Bibelgruppe wurden – seht! –
die Spenden himmelwärts geweht!

Fünf der zehn Jungfrauen waren töricht –
eine Mär wie die von Moses im Röhricht –,
die andern fünfe waren klug
und durchschauten den Betrug.
Leider war Tante Cornelia
nicht bei den Klugen – ohlala!
Sie brachte uns – wie schade –
keine Sprüngli-Schokolade,
doch Bibelbildchen mit frommen Sprüchen,
kernige Seifen mit Lavendelgerüchen.
Sie roch für mich nicht angenehm,
erinnerte an alten Lehm.
Immer, wenn sie uns besuchte,
meine Lebensfreude suchte
schnell das Weite –
das verstehe ich erst heute.
Wenn sie durch die Türe kam,
rief mein Vater: «Denkt daran:
Heute hat sie nichts gebracht,
wie letztes Mal, nun gute Nacht,
sie wird noch mit euch Kindern beten
und eure armen Seelen kneten.»
Der Vater ging, die Tante kam
zu unseren Betten, wo sie nahm
die kleinen Hände in die ihren –
mir begann das Blut zu frieren.
Ich rettete mich schnell aufs Klo,
doch die Jüngste war nicht so,
sie glaubte halt, was Tantchen sagte –
ein frommes Kind, kein Zweifel nagte,
inhalierte brav, was sie vernahm:
ausgeliefert, lämmchenzahm:
die frommen Bildchen, Bibelsprüche,
aus Seifen Stäublis frommer Küche.

Die zweite Tante hieß – du lieber Himmel –
sechs Namen hatte sie 'nen Namensfimmel:
Clara, **Hedwig**, Ursula,
Mirjam und Hedula.
War Winifred nicht auch dabei?
Reine Namenprahlerei!
Je nach Lebensphase kam ein neuer,
dies erschien mir nicht geheuer:
Getauft hat man sie Klara Hedwig,
doch dieser Name hielt nicht ewig,
urplötzlich war sie Ursula
und etwas später Hedula.
Als Rudolf Steiner faszinierte,
anthroposophisch philosophierte,
war Winifred die nächste Wahl –
für uns Nichten eine Qual,
denn keine wusste ohne fragen,
wie wir sie jetzt zu nennen haben.
Geboren am Heiligen Abend, doch
sie weniger nach Weihrauch roch
als Cornelia ihre Schwester.
An Rudolf Steiner hing sie fester
als an irgendeinem Mann – hoho
sie tanzte Eurythmie und so,
malte farbenfrohe Bilder,
zeigte sich mit Formen wilder
als unsereins, mit sehr viel Schwung –
so blieb sie in Erinnerung.
Zur Weihnachtszeit an unsren Wänden
kreierte sie mit ihren Händen
Krippenszenen à la Steiner,
natürlich staunte unsereiner.
Schöne Kinderbücher brachte sie

farbenfroh – vergess ich nie!
Bekehrungsversuche kamen auch –
wir pubertär – für uns wars Rauch
und Schall, uns einzuheizen,
wir sollten doch mit unsren Reizen
geizen und vor Ehrfurcht in die Knie,
doch leider schaffte sie es nie,
ins Goetheanum uns zu locken,
keine macht' sich auf die Socken.
Doch diese Tante hatte Männer
mehrere, nicht etwa Penner:
Hans, ein studierter Doktor phil.,
heiratete sie, doch nur zivil;
sie produzierten schnell drei Kinder,
doch er verstarb, als sie noch minderjährig. Doch schon stand
Albert NOK
ein Witwer mit zwei Kindern da,
nun heirateten sie wieder.
Er ließ sich bei ihr nieder.
Doch sei's gesagt, von beiden keiner
wurd' so verehrt wie Rudolf Steiner.
Albert war reich, brachte das Geld,
sie baute sich 'ne Steiner-Welt:
am Rhein, ein Haus in der Natur,
machte alles selber – stur –
kochte mit Demeter-Mehl –
ach, wie gesund und ohne Fehl!
Doch ihr Geköch, das aß ich nicht,
so lernte ich erst den Verzicht!
Obwohl ihr Haus gefüllt mit Plunder,
geschahen ihrer Meinung nach die Wunder
im Garten: vergraben war ein Diamant
versenkt von ihr mit eigner Hand
in einem Kuhhorn – gut versteckt –

hat meine Neugier gleich geweckt:
«**Warum** machst du solche Sachen?»
Bös gesagt, fand ich's zum Lachen.
Ihre Antwort war ganz klar,
wenn auch für mich sehr sonderbar:
«Ich glaube, dass der volle Mond,
Kuhhorn geleitet mich belohnt:
via Diamantenstrahlen
mit Fruchtbarkeit wird er bezahlen.»
Es war 'ne Zauberwelt für Kinder,
viel zu entdecken für naive Finder.
Auch ohne Steiner wurden wir erwachsen,
die Tante lebte Bio dort in Dachsen.
Schrieb uns Briefe vom Häuschen am Rhein,
verstrickt im anthroposophischen Sein.

Anna **Elfriede** hieß die dritte Tante –
war gerad erst geboren, als der Arzt erkannte,
dass eine Klappe ihr Herz nicht schloss,
sie wurde auf dem Lande groß.
Die Mutter gab sie nach Oberneunforn,
der Grund war: In Winterthur, wo sie geborn,
waren Stress und Stadtluft nicht gut fürs Herz.
Man gab sie zur Frieda – thurgauwärts –,
der ledigen jüngsten Tochter von Wiesmann,
Notar in Oberneunforn und Wittmann.
Der wurden Briefe vom Verlobten geklaut,
damit die Jüngste nicht auch noch abhaut
und heiratet, ohne zu sorgen,
wer den Vater betreut übermorgen.
Dieses Verhalten fand **ich** höchst gemein,
ich hatte Erbarmen mit Friedalein.
Die kleine El-**Friede** – es war für mich klar –
hieß so, weil Frieda Ersatzmutter war,

der spanische Artikel war zwar männlich,
drum schien mir der Name ziemlich dämlich!
Elfriede ward mir zur Patin erkoren.
Sie hatte sich nie im Missionieren verloren.
Klar, sie war gläubig, dank Tante Frieda,
doch war sie in meiner Kindheit nie da.
Sie wohnte im Schlösschen *Le Manoir* am See
als Forels Gouvernante im Städtchen St. Prex.
Sie war bescheiden, verlangte nie viel:
Le Docteurs Nähe war ihr einziges Ziel,
als Sekretärin, Hausfrau, Mädchen für alle
geriet sie in die typische Frauenfalle:
für wenig Geld, bescheidene Logie
gab sie alles – mehr verlangte sie nie.
Als er sie reich beschenken wollte,
glaubte sie nicht, dass sie's annehmen sollte.

Als Le Docteur starb neunzehnzweiundachtzig,
war meine Patin zwölf Jahr unter achtzig.
Vierzig Jahre hatt' sie ihm gedient!
Hat sie bekommen, was sie verdient?
Sie litt stets unter Ängsten und Schmerzen,
die waren mit Medis auszumerzen.
So wurde sie medikamentensüchtig,
denn nur schmerzlos blieb sie tüchtig.
Als le Docteur, ihr Halbgott, starb,
verlor sie den Führer – es ging bergab.
Forels Leichnam beschrieb sie heimlich:
als «gottgleich» – nun – das fand ich peinlich.

Des Docteurs Sohn verkaufte das Schloss.
Elfriede kehrte zurück in den Schoß,
der Familie ins Tösstal, wo die Ahnen herkamen,
dort rasch ihre Kräfte ein Ende nahmen.

Im Bibelgürtel, dem so genannten,
in der geistigen Enge der vormals Verwandten
vermisste sie den Genfersee,
ihr Herz, ihr krankes, tat noch mehr weh.
Sie vermisste die Atmosphäre des Chateau Manoir,
verkümmerte sichtlich – son fin était noir.

Die vierte Tante – **Gertrud Johanna** –
lebte mit ihrem Mann bei Numana.
Auch sie hatte mehrere Namen:
Hanny und Brigitte – wie wir vernahmen.
In Kartengrüßen, die ich später fand,
wurde sie Johannes und Hühnchen genannt
von Cousin Heini aus der Anstalt Bernrain.
Er liebte das Hannchen als Junge ganz rein,
er schrieb ihr immer herzliche Zeilen,
von seinen Reisen aus tausend Meilen.
Hannchen als einziges Kind war blond,
sie hatte ein rundes Gesicht wie der Mond,
blaue Augen wie ein sanfter Engel,
doch darunter versteckte sich ein Bengel,
der die Welt nach Belieben interpretierte,
sich um die Wirklichkeit futierte:
Ein Ochse war für sie eine Kuh –
sie ließ keine andere Meinung zu,
ein kleiner Esel war ein großes Pferd,
ein Mann braucht zwingend 'ne Frau für den Herd,
ein Tisch war ein Stuhl – wie bei Bichsel –
und das Meer ein See wie der Bichel-.
Dank diesem Weltbild fand sie auf See
einen Mann, einen Retter, einen Gott – juche!
Denn dampfend nach Südafrika
zu Urwalddoktor Albert Schweitzer,
wo tanzen auf Deck kein hopsasa,

ihr wurde schlecht, sie war nicht mehr heiter!
Die Wellen hoben und senkten das Schiff.
Der Wind trieb den Kahn gefährlich ans Riff.
Gerade als Hannchen fast ohnmächtig war,
erschien aus dem Nichts ein rettender Dio,
ein uniformierter Held – ist ja klar –
der wurde dann später der Zio.
Der Käptn himself fing sie auf in den Armen,
sie sah so hilflos aus – zum Erbarmen!
So heiratete sie Kapitän Rapisarda,
zog nach Italien – und die Autostrada
trennte uns dann von dieser Tante –
mit 'nem Haus am Meer für Schweizer Verwandte.
Tante Hanny sah ich bei uns eher kaum –
so selten wie etwa den Weihnachtsbaum
im Elternhaus in Effretikon.
Doch wenn sie kam, dann wussten wir schon:
Sie bringt aus dem Süden frischen Wind
und ein Geschenk für jedes Kind.
Sie brachte einmal Panettone,
der hatte den Beigeschmack von Zitrone,
sie brachte nebst Bacci auch Amaretti,
Grappa, Nocciola und Spaghetti.
Die Kochkunst Hannis war ein Traum,
ihre Küche vergess' ich wohl kaum!
Die Küche dagegen meiner Mutter
war nicht viel mehr als Alltagsfutter.
Sie reiste mit Käptn Ettore –
egal ob Regen oder Schnee –
an Weihnachten meistens in die Schweiz,
nur erste Klasse natürlich – kein Geiz.
Die lange Zugfahrt überstanden sie,
mit viel Gepäck und weichem Knie.
Der Zio war ein Signore perfetto –

außer es fehlte ihm der Ristretto.
Er liebte Meeresfrüchte, trank Vino
tinto meistens – auch den vom Ticino.
Zio Ettore, einiges älter als sie,
berührte Tantchen oft sanft am Knie.
Das fanden wir sehr verwegen
und machte uns etwas verlegen.
Ich mochte beide; die italienische Sprache
schien mir eine melodische Sache.
Die Tante brachte mit diesem Zio
auch neue Lieder: «Oh sole mio!»
Obwohl sie bei den Waldensern verkehrte,
sie stets die Sinnlichkeit verehrte.
Sie hatte trotz Glauben das Irdische gern,
kleidete sich teuer, fast modern,
trank gern 'nen Grappa, roten Wein ...
ließ Gott im Himmel oben sein.
Sie brachte ihn nicht runter auf Erden:
«Das Gläubigsein wird dann schon werden.»
Sie aß sehr gern, ja tanzte sogar.
Oft ging der Zio in die *Trübli* Bar
nach Winterthur, weil seinen Espresso
erhielt er im Dorf halt nicht comme il faut.
Tante Hanny hatte sogar Humor,
der kam bei den andern Tanten nicht vor.
Für mich war sie die spannendste Tante,
obwohl ich sie nicht sooo gut kannte,
sie kam nicht oft nach x-...ikon,
doch gab es ja bald das Telefon
und im Sommer Italienreisen ans Meer.
Diese Ferien ersehnte ich sehr:
Autostrada nach Numana – Marcelli,
Gelati, Sonne und Meer, Vermicelli!
Eine Auszeit vom trüben x-ikon,

an jeder Ecke hing 'ne Ikon,
Italienferien waren Nirwanas –
am Strand verkauften sie Bananas,
Glacés, Brillen, Hüte mit Stil,
die Frauen fröhlich, sie sangen viel.
Im Auto gen Süden musste **ich** immer kotzen,
doch lohnte es sich, dem Elend zu trotzen.
Mal unten angelangt fand ich's halt toll,
kehrte zurück Bauch und Herz übervoll.

So viel zu unseren frommen Tanten,
wie wir sie als Kinder kannten.
Sie waren die Schwestern von unsrem Vater,
was er von ihnen hielt, das hat er
uns nie erzählt, sie waren halt da,
sie kamen und gingen – Inschallah!

Ein modernes Märchen

Es war einmal ... eine Schweiz, in der alle Familien Schweizer waren, eine Schweiz, die neutral war, deren Bürger besser waren als alle andern und Europa nicht brauchten, die Welt nicht brauchten! Viele Schweizerbürger wollen unser Land noch immer so haben und nicht anders, gestern nicht, heute nicht und auch in Zukunft nicht.

Es sind die Rückwärtsgewandten, die immer zu wissen glauben, was richtig ist für unser Land, die nach dem Rechten sehen wollen in unserem Staat! Für die der richtige Staat aber in der Vergangenheit liegt, statt in der Zukunft. Die das Volk hinter sich scharen möchten. Doch es gibt kein *einig Volk der Schweizer* – nicht nur der ewig zitierte Rösti-Graben zerklüftet die Tektonik des Volkes, nicht nur die verschiedenen Religionen, die Gleichstellungsfrage, der Gegensatz von Stadt und Land, sondern der tiefste Abgrund tut sich auf zwischen den Rückwärtsgewandten und den Vorwärtsgewandten.

„Something is rotten in the State of Denmark!", rief Marcello im ersten Akt von Shakespeares *Hamlet*. „Etwas ist faul in der Schweiz!" möchte ich mit ihm rufen.

Als Lot zurückschaute, erstarrte seine Frau zur Salzsäule – so steht es in der Bibel. Am liebsten hätten die Rückwärtsgewandten die Frauen knieend vor sich, ihre Füße waschend oder, wie die heilige Veronika in der Bibel, das Schweißtuch reichend, wie Mutter Helvetia die Schweizerfahne schwingend: Urchristentum – Urschweiz. Wie Ankers Mädchen: strickend, Kartoffeln schälend, Zöpfe flechtend oder wie das Erdbeeri-Mareili mit dem Korb, den roten Backen und Beeren, den blonden Zöpfen, blauen Augen – ländlich rein. Drinnen die Frau – draußen der Mann: „Im Hause muss beginnen, was leuchten soll im Vaterland" (*Wilhelm Tell*, Schiller) oder wie bei den Höhlenbewohnern. Daraus folgt natürlich: Wir sind gut, die Fremden sind böse. Alles Böse kommt von außen.

Darum heißen sie auch Ausländer. Wie schon in Gotthelfs „Schwarzer Spinne", wo die Christine von „ännet dem Bodensee" kommt (eine Deutsche also), von der schwarzen Spinne (dem Teufel) gebissen wird und Ungemach über das fromme, idyllische Emmental bringt.

Diese rückwärtsgerichtete Urkraft, von der Potenz eines Uristiers, blockiert den Weg in unserem Alpenland, hindert die Fortschrittlichen. Ein Schritt vor und zwei zurück – das ist unser Schweizertanz: Jololodidülidü jolodülidü heißassa! Vor und zurück – zurück.

Darum haben es wirkliche Reformen so schwer hier. Die Fortschrittlichen machen einen Schritt nach vorn, dann kommen die Rückwärtsgewandten und stoßen sie wieder zwei Schritte zurück. So ist kein Vorwärtskommen. Das kann Jahre dauern. Jahrzehnte. Die Fronten verhärten sich. Die Argumente und Gegenargumente rollen wie Felsbrocken vom Berg herunter auf den Feind zu, in Diskussionen hin und her, versperren die Passstraßen, verhindern den Durchgangsverkehr in unsere Nachbarländer, verstopfen die Tunnels, blockieren die Umfahrungsstraßen beim Denken. Alpenkampf. Kaum hat man einen Felsen beseitigt, rollt der nächste herab. Statt einander Steine aus dem Weg zu räumen, legen sie einander Felsbrocken in den Weg. Es holtert und poltert allenthalben. Als letzte Zuflucht das Reduit. Rückzug in den Berg – aber nur für die Auserwählten. Der Kampf zwischen den Rückwärtsgewandten und den Vorwärtsstürmenden ist ein Kampf im Nebel; er dreht sich orientierungslos um sich selbst – ohne Sieger – ohne Verlierer. Die Fronten verlaufen zwischen gestern und morgen. Die Gegenwart ist die Grenze, die Wasserscheide, an der sich die Geister scheiden – sie ist der Alpenkamm, von dem die Steine auf beide Seiten herunterpoltern. Während die einen immer noch die Schlacht von Morgarten im Nebel spielen, sind die andern in Gedanken schon längst über alle Berge im Blau der Zukunft angelangt. Und wenn sie nicht gestorben sind, dann kämpfen sie morgen noch.

Agnes – Der Märchenerzähler

Eigentlich hätte ich damals mit Esther nach Marrakesch fliegen sollen.

Erinnerst du dich?

Und ob. Aber weil mir irgend so ein Trottel vor die Ski gefahren ist und ich mein Bein gebrochen habe, bist du allein hingeflogen.

Richtig. Es tat mir leid für dich. Doch die märchenhafte Königsstadt wollte ich mir nicht entgehen lassen.

Und Marrakesch entpuppte sich für Agnes wirklich als ein Abenteuer. Allein das Hotel! Es war ein kleines Riad, mitten in dem Gassengewirr der Medina. Sie hat sich den Weg nicht gleich merken können und sich die ersten zwei Tage ständig verlaufen. Ich hätte wie Hänsel und Gretel Brotkrumen auswerfen sollen, schmunzelt sie.

Riads sind übrigens alte, restaurierte Altstadthäuser, die gemietet werden können, erzählt sie. Sie sind von außer völlig unscheinbar, doch wenn man den Innenhof betritt, wähnt man sich in einem kleinen Paradies – mit Marmorböden, Mosaikwänden und -säulen, kleinen Springbrunnen und unzähligen prachtvollen bunten Blumen. In meinem Riad gab es sechs Gästezimmer, doch ich war die einzige Bewohnerin. Jeden Morgen frühstückte ich allein unten im Innenhof, umgeben von Palmen, hohen Farnen, Jasminblüten und Bougainvilleen. Ich fühlte mich wie eine Prinzessin in einem Palast.

Wie echte Paläste einst ausgesehen haben, konnte Agnes aber auch entdecken. Einfach prachtvoll, schwärmt sie. Vor allem der Bahia-Palast hat es ihr angetan. Der ist so gut erhalten, dass man sich das Leben von damals auch heute noch gut vorstellen kann. Auch die alte Koranschule fand sie wundervoll. Über und über mit geometrischen Ornamenten, Stuckgitter und Kachelmosaiken geschmückt, war sie mal die größte islamische Hochschule in der arabischen Welt. Ein architektonisches Meisterwerk! begeistert sie sich. Und – lacht mich jetzt nicht aus, aber sie strahlt richtig Ruhe und Erhabenheit aus.

Djerna el Fna, der berühmte Hauptplatz von Marrakesch, ist dagegen ein echtes Kontrastprogramm. Er ist riiiesig! Und so ein Gewusel und so viel Aktion kann man sich gar nicht ausmalen. Der Platz ist gleichzeitig Festplatz, Freilichttheater, Straßenrestaurant, Jahrmarkt und Zirkusarena. Da gibt es Musik, Essen, Schlangenbeschwörer, dressierte Äffchen, Kunsthandwerker und Märchenerzähler. Tausendundeine Nacht, und das rund um die Uhr.

Am dritten Tag war Agnes mit einem offiziellen Stadtführer verabredet, den sie über seinen Vermieter empfohlen bekam. „Trauen Sie niemandem, der ihnen für ein paar Dirham eine Tour anbietet", beschwor er sie. „Das sind alles Betrüger und Halsabschneider, die sie nur ausnehmen wollen. Die echten Guides haben einen Ausweis und einen festen Preis. Er wird sie hier im Hotel abholen."

Als ich ihn sah, seufzt sie, bekam ich weiche Knie. Einen so schönen Menschen sieht man selten. Großgewachsen und schlank war er, mit gut sichtbaren Muskeln an den richtigen Stellen, mit dunklen Haaren und Augen und schönen gepflegten Händen. Und er trug keine Djellaba, sondern eine schwarze Hose und ein weißes Hemd mit kurzen Ärmeln. Wahrscheinlich wusste er, warum. Denn er hatte eine unglaublich schöne Haut: Samtig schimmernd, gebräunt und vollendet makellos.

„Ich heiße Mabrouk", stellte er sich mir vor. „Das bedeutet Glück. Das werden sie mit mir heute auch haben, jolie Madame." Er küsste meine Hand. Oh Gott, der geht aber ran, dachte Agnes. Jolie Madame, hübsche Frau also, und Glück?

„Du bist ein Märchenerzähler, Mabrouk."
    „Aber nein, Madame. Sie sind schön, wunderschön!"
    „Ach Mabrouk, hör schon auf, ich könnte deine Mutter sein."
    „Sind sie aber nicht", stellte er schmunzelnd fest und küsste wieder ihre Hand.

Wie habt ihr eigentlich miteinander gesprochen?
    Mabrouk konnte ein bisschen Deutsch, und mein Französisch ist nicht übel. Wir hatten also keine Probleme.

„Na gut, Mabrouk. Was steht denn auf dem Programm?"
    „Was Sie nicht in Ihrem Reiseführer finden, Madame."

Was wir dann in den nächsten Stunden besichtigt haben, war wirklich außergewöhnlich. Wir waren in einer Bäckerei, in der die weichen Fladen auf offenem Feuer gebacken wurden. Wir besuchten eine alte Apotheke, in der es keine westliche Medizin gab, dafür aber eine Unmenge Tees – für und gegen alles. Wie zum Beispiel die, die ich gekauft habe: einen gegen Schnupfen und einen für die Verdauung. In einem Parfumgeschäft konnte ich an unzähligen Essenzen in kleinen Glasfläschchen riechen. Für meine westliche Nase waren die viel zu stark. Und obwohl Mabrouk mir versicherte, dass man sie auch verdünnen könnte, wollte ich keine.

Wir haben dazwischen aber auch immer Pausen gemacht. Haben in kleinen Lädchen Pfefferminztee getrunken und kleine köstliche Küchlein gegessen. Und immer wieder flirtete Mabrouk ganz ungeniert mit mir. Wir mussten auf unseren „Wanderwegen" über unzählige Hinterhöfe, versteckte Gänge und kleine Gässchen laufen. Auf den holperigen Wegen mit einem Haufen Löchern und Unebenheiten stolperte ich immer wieder, was Mabrouk veranlasste, mich festzuhalten.

Ich habe übrigens ganz schnell zwischendurch gegoogelt, ob es den Namen Mabrouk überhaupt gibt. Aber er hat nicht geschwindelt. Mabrouk heißt tatsächlich „Glück" beziehungsweise „Glückwunsch". Ob er auch so hieß, war mir dann egal.

Den schönsten Laden gab es zum Schluss. Es war eine Weberei. Agnes hat schon vorher ganze Straßenzüge gesehen, in denen bunte Wolle zum Trocknen hing. Es gab eine blaue Straße, eine rote, eine gelbe, eine lilafarbene ... Hier also wurde sie verarbeitet. Auf mittelalterlich anmutenden Webstühlen entstanden – in echter Handarbeit – bunte und gestreifte Stoffe. Das hier aber keine Wolle, erklärte ihr Mabrouk. Das ist Kaktusseide.

Bitte? Ja, wir nennen sie auch Sabra-Seide. Sie wird aus Blättern der Agave gemacht. Die farbenprächtigen, glänzenden Schals sahen aus, als ob sie aus Rohseide wären. Es war Liebe auf den ersten Blick. Nur – für welchen sollte ich mich entscheiden? Als nur noch zwei zur Auswahl standen, wickelte Mabrouk einen um meine Schultern und flüsterte mir ins Ohr: „Dieser hier ist ein Geschenk von mir!"

Der Mabrouk-Tag wurde von einem Essen in einem der vielen Dachrestaurants von Marrakesch gekrönt. Unter einem Zitronenbaum genossen wir das köstliche Essen und erzählten uns diverse Anekdoten aus unserem Leben. Ich genoss aber ehrlicherweise nicht nur das gedämpfte Huhn mit Kuskus, sondern auch den Anblick von Mabrouk. Ich kann euch sagen: Mit einem so schönen Mann zusammen zu sitzen und ihn immer wieder anzuschauen, ist absolut ein Vergnügen.

Dann brachte Mabrouk mich nach Hause. Nun ja, das musste er zwar, denn ich hätte mein Hotel in der Dunkelheit niemals allein gefunden. Aber mich vor dem Tor zu küssen und zu umarmen, war seine eigene Idee.

Agnes ließ es geschehen. Sie berührte seine Haut – das wollte sie schon den ganzen Tag machen. Sie fühlte sich warm und glatt an. Ihn neben sich liegen zu sehen und zu spüren ... Sie war hin- und hergerissen. Und dann dachte sie an ihre Haut ... Oh Gott, nein das traute sie sich nun doch nicht. In dem Moment schaute ihr Mabrouk in die Augen: „Jolie Madame, lass es zu. Du bist schön!"

Sie machte die Tür auf – für sie beide.

Im Zimmer warf Mabrouk sofort seine Kleider auf den Stuhl und stand nackt vor ihr da.

Agnes bekam eine ganz trockene Kehle und ein feuchtes Höschen. Ja, sie begehrte ihn. Obwohl er so viel jünger war und so gar nicht in ihre Welt passte. Doch er ließ ihr gar keine Zeit, darüber nachzudenken. Er umarmte sie leidenschaftlich, zog ihr das Kleid über den Kopf und schob sie aufs Bett. Dort fielen ihre letzten Hüllen. Gut, dass im Zimmer nur Kerzen brannten. Wer zum Teufel hat sie eigentlich angemacht? Aber sie hatte keine Chance mehr, sich darüber Gedanken zu machen, denn Mabrouks schöne Hände versetzten sie in Verzückung.

Sie kam schnell zum Höhepunkt. Doch Mabrouk war noch lange nicht fertig. Er holte aus seiner Hosentasche, die über dem Stuhl hing, ein Präservativ und zog es über, während er sie wieder küsste und koste. Ein Gummi? Echt jetzt? dachte sie. So ein Ding hat sie zum letzten Mal benutzt, als sie 18 war. Aber eigentlich hatte er recht. Wer weiß, wo er zum letzten Mal war, und er schützte nicht nur sich, sondern auch sie.

Er war ein wunderbarer Liebhaber. Langsam und zärtlich. Noch nie hat Agnes erlebt, dass ein Mann sich so genüsslich und bedächtig bewegte. Das steigerte ihre Lust und machte sie gleichzeitig ungeduldig. Doch auch diese Ungeduld war köstlich und bereitete Vergnügen. Es dauerte lange, bis sie schließlich beide verschwitzt und erschöpft dalagen und die Nachbeben nachspürten.

„Du bist ganz wunderbar, jolie Madame", flüsterte Mabrouk. „Ja", flüsterte sie zurück. „Du auch. Und du bist Deines Namens würdig. Du hast mir Glück geschenkt." Dieser Tag war wirklich wie ein Märchen. Ist das der Grund, warum Marrakesch für seine Märchenerzähler berühmt ist?

Gedichte

Geliebtes Kind

Ich halte deine Hand in tiefster Dunkelheit
So lange bis das Licht die finst're Nacht vertreibt
So lange bis ich weiß, du bist in Sicherheit
So lange bis es loszulassen an der Zeit

Ich halte deine Hand, wenn eis'ge Kälte herrscht
So lange bis kein Platz für ebendiese bleibt
So lange bis ein jeder Eisberg schmilzt
So lange bis es wieder Sommerzeit

Ich halte deine Hand, wenn Stille waltet
So lange bis ein Wort vom Schweigen dich befreit
So lange bis ich Glauben seh' in deinen Augen
So lange bis dir off'ne Ohren steh'n bereit

Ich halte deine Hand, wenn du nur Leere fühlst
So lange bis der Frühling wiederkehrt
So lange bis – getragen von der Sonne – erste Knospen blüh'n
So lange bis dein Lachen unbeschwert

Ich halte deine Hand ein Leben lang
Wann immer du mich brauchst, ich bin stets Dein
So lange, wie ich atme, lieb' ich dich
So lange wie mein Herz schlägt, bist du Mein

Pfade

Wo führst du mich nur hin, mein wundervolles Leben?
Die Pfade, die wir gehen, mir unergründlich scheinen
So unvorhersehbar, der Weg nicht eben
Durchzogen er mit Dornen, Fels und Stein

Was lauert um die Ecke, liebes Leben?
Was wartet dort auf mich, es macht mir Angst
Die Sorge, mich zu stoßen, gar zu fallen
Lähmt mich vollkommen – schier hin bis ins Mark

Was – oh gutes Leben – hast du mit mir vor?
Zeig mir durch deine Augen, wohin die Reise geht
Will es verstehen, ja will ich dir vertrauen
Dass du mich leitest hier auf meinem Weg

Warum nur ist das nötig, süßes Leben?
Dass ich sie meistere mit dir, diese Mission
Daran zu wachsen, ohne zu zerbrechen
Vorangeh'n, kämpfen, lernen – so der Lohn

Vertrauen will ich dir, mein fabelhaftes Leben
Dass alles irgendwann 'nen Sinn ergibt
Das große Ganze sich zusammenfügt
Und ich es dann begreife – Schritt um Schritt

Doch steh' ich hier nun, mein zauberhaftes Leben
Der Weg bis dahin mir noch ewig scheint
Stoße mich, kratze mich an den Dornen
Von den'n ich sicher war, sie nicht bestimmt für mein Geleit

Ich fleh dich an! Ich flehe, lieblich Leben
Steh' bettelnd vor dir, stehe auf den Knien
Mögest du mir all die Schmerzen nehmen
Ja, mögest du Erlösung schaffen in mir drin

Mein selig Leben, ich ergebe mich
Heb beide Arme vor dir, mache mich bloß
Mein Antlitz – so natürlich, wie du mich erschaffen
Sucht deine Leitung, deinen Befehl und Trost

Doch hast du zu entgegnen, frommes Leben
Nur Stille, ja die Art ich bereits kenn'
Vergeblich wartet damit meine Seele
Vergeblich auf dein Zeichen nach dem Thron

Die Zeit vergeht, mein fabelhaftes Leben
Sie rinnt mir durch die Finger ohne Halt
Verzweifelt balle ich die Fäuste
Damit ein wenig festzuhalten mir noch bleibt

Ein wenig deiner Güte wünsch ich mir, mein holdes Leben
Ein wenig deiner Schärfe für den Sinn
Bevor auch ich zu Staub verfalle
Und durch des nächsten Finger rinn'

Eisblumen

Wenn die Stille gewinnt
Weil der Wind nichts mehr sagt
Und die Blumen vertrocknen
Weil vergangen der Tag

Wenn das Drama vorüber
Die Liebe einzig was bleibt
Doch die Herzen erkalten
Denn es bringt ihnen Leid

Wenn die Jahreszeit wechselt
Neues kommt, Altes geht
Drum zu leeren die Blicke
Weil es niemand versteht

Dann geb' ich mich geschlagen
Nein, ich kämpfe nicht mehr
Ich lass los, lass dich gehen
Und verschließen die Tür

Die letzten Blätter, sie fallen
Der Winter stellt sich nun ein
Auf leisen Sohlen gekommen
Und ich steh' hier – allein

Doch ich trage dich bei mir
Ganz tief in meiner Brust
Du wirst zur Eisblume in meinem Herzen
unschmelzbar
Selbst wenn eines Tages
Ein neuer Sonnenstrahl folgen muss

Vom Nebel

Ich bleibe ruhig, auch wenn alles um mich schreit
Mich in meine Schranken weist und mir das Herz zerreißt
Ich bleibe ruhig, wenn die Kälte in mein Leben tritt
Mir folgt auf jeden Schritt und alle Wärme nimmt

Ich bleibe ruhig, auch wenn meine Seele bricht
Weil sie's nicht halten kann, dieses enorme Gewicht
Ich bleibe ruhig – ja, selbst wenn ich den Abgrund seh'
Wenn das das Ende ist, dann tut es nicht mehr weh

Ich bleibe ruhig, weil ich gar nichts weiter machen kann
Hab mich so sehr verrannt, mein Standort unbekannt
Ich bleibe ruhig, sitze da und lausch' der Stille nur
Denn zum Bewegen, da – fehlt es an Kräften mir

Bleib ich nur ruhig oder ist es ein „ich warte drauf"
Dass mich der Nebel holt und ich bloß Schall und Rauch?
Denn wenn ich heute mit dem Nebel untergeh'
Hat sich's gelohnt zu ruh'n, denn es tut nicht mehr weh

Gedichte

DIE ZEIT

Für Konrad

Die Zeit stockte und hielt den Atem
möchte zu dem Punkt zurück
in dem die Vergangenheit abgefallen war wie die Eidechsenhaut
aber die Zukunft noch nicht begonnen hat
Noch einmal an jenem Punkt Lebens zu sein
nochmal es erleben
einer Sehnsucht nachzugeben
andre Richtung einschlagen zu können
unwiderrufliche zu widerrufen
zurückdrehen und anhalten

Für Franz Xaver

Unter einem fremden Himmel
auf der Terrasse
blühen die Nelken
und ich.
Mit meinem Herz im Wind gewogen
auf einer fremden Erde
stehe – mit beiden Füßen
und zähle jede Stunde
betrachte die Vögel.
Ich sehe keine Bienen
geht die Menschheit verloren
gerade jetzt
wo mein Herz für dich schlägt
und ungerührte Zeit
misst Minuten meines Lebens?

DIESE SONDERBAREN WESEN

Frühlingstag in aller Frühe
bedeckt mit weißem Nebelvorhang
und nur sonderbare Wesen – Wörter –
sie wandern in Sagen verschlossen
dort, wo Mythe endet
die Wirklichkeit wurde belebt.
Ich schaue in dieser elfförmigen Welt
die Aufführung an,
mit so großer Mühe aufgeführt
was die über Ludwig von Bayern erzählt
über diesen zweiten versteckten Schatz in seiner Seele?
Was war er für ihn?
– Kunst?
Welche Zeichen fand der Visionär
als er aus dem Land des Chaos
die Bedeutung baute
Gold benutzte wie die Metapher
Decorum bildete bei Noten von Wagner
und wie er von sich schilderte.
Diese sonderbaren Wesen – Wörter –
Aneinandergeklebt wie die Ziegel
Schaue ihr Leben an.
Wie sie die Wendungen bilden,
in Sätze erweitern
in andere Wortarten umwandeln
wie sie zum Gedicht werden
in ihm leben
und nicht vergehen

ZU HAUSE

Zu Hause ist Stille
Hinter den Fenstern
Geräusch der tanzenden Wiese
Ich male ein Frühlingsbild.
Was für Farben brauche ich?
Sonnenblau, zärtliches Grün,
Gesättigtes Gelb wie Löwenzahn,
oder Schneeglöckchenweiß?
Welche Farbe mische ich mit anderen?
Welche bleibt ohne Begleitung?
Welche bekommt mehr Schatten
Welche wieder mehr Licht?
Genau wie der Baum, der hinterm Zaun steht
Und ladet mich zum Frühlingstanz

Plötzlich sehe ich alles rosarot.

UND DU

Du schickst mir jeden Tag Jagdbilder
Grünes Grass, das mit Blau gesättigt ist,
Kornfelder die summen im Morgengrauen,
Ströme, von Wasserkristallen,
reife Sonnenblumen,
– Siehst ihr einfach zu, wie sie zum Schlachthof gehen –
Jetzt noch schläfrig
aber gleich werden die Köpfe stolz stehen
und spiegeln das Gold der Sterne,
erleuchten die Dunkelheit.
Und in dem Moment
würdest du deinem eigenen Schatten nachlaufen
mit einer Kamera in der Hand

Geschichten

Zur Geschichte der Zuckerrübe

„Wir stehen zu unseren Wurzeln! Die Zuckerrübe ist die Wurzel unseres Zuckers ... Zuckerrübenanbau ist eine deutsche Innovation und Teil unserer Kulturlandschaft!" Dieser Text wurde vor einigen Jahren von der Aktion „Existenzfrage Zucker" in vielen Zeitungen veröffentlicht und beklagt Maßnahmen der Europäischen Union, die den Anbau der Zuckerrübe und damit die Existenzgrundlage vieler Bauern gefährden.

Geht es bei diesem Protest zunächst in erster Linie um wirtschaftliche Sorgen, so spricht die Anzeige aber auch von einer Kulturlandschaft des Zuckerrübenanbaus und verweist auf die geschichtliche Entwicklung des Zuckerrübenanbaus in Deutschland. Doch so traditionell ist eigentlich der Anbau der Zuckerrübe in Europa gar nicht. Wir können höchstens auf etwa 200 Jahre des Anbaus zurückblicken, denn vor der Napoleonzeit war Süßstoff nur bekannt als Honig oder als teures Einfuhrprodukt Rohrzucker. Der Weißzucker galt früher als Medikament und wurde in den Apotheken zu teurem Preis gehandelt. Erst Napoleons Verordnungen sorgten dafür, dass der Zucker vom Raritätenschrank des Apothekers in die Vorratskiste des Lebensmittelhändlers wanderte. Wir verdanken es dem imperialistischen Streben des französischen Kaisers, dass die pfälzischen Bauern seit dieser Zeit Zuckerrüben anbauen. Doch was war eigentlich der Grund für diese staatliche Forderung?

Napoleon überzog seit 1801 Europa mit Krieg und wollte unter allen Umständen England, die wichtigste Handelsmacht der damaligen Zeit, vernichten, indem er den Kontinent völlig gegen den britischen Handel abschloss. Die Kontinentalsperre war Versuch der ökonomischen Unterwerfung Europas durch

Frankreich. Sie wurde am 21. November 1806 durch Napoleon in den „Berliner Dekreten" ausgesprochen. Darin wurden allen europäischen Staaten Verbindungen mit England untersagt und englisches Eigentum und Handelswaren beschlagnahmt. Auch wurde jeder Handelsverkehr und jeder Briefwechsel mit den britischen Inseln verboten. Wie wirkte diese Kontinentalsperre?

Zunächst kamen in England tatsächlich wirtschaftliche Probleme auf. Durch seine unzähligen Kolonien fand jedoch England seine notwendigen Produkte bald schon auf anderen Märkten, was den europäischen Marktverlust wettmachte. Größere Probleme traten dagegen auf dem Festland auf. Für viele Manufakturbesitzer brachte die Kontinentalsperre den Ruin. Napoleon schädigte damit im Laufe der Zeit immer mehr die europäische Wirtschaft. Das Volk spürte schon bald die Einschränkungen, u. a. fehlte der beliebte Süßstoff, es fehlte Zucker, der bisher aus Zuckerrohr gewonnen, denn der Rohrzuckerimport über England fiel weg.

Napoleon ergriff staatliche Maßnahmen, die die Rübenzuckerproduktion basierend auf einer gerade wenige Jahre zuvor entwickelten Methode eines deutschen Chemikers enorm steigerte. Bereits 1747 hatte der Chemiker Markgraf versucht, aus dem Saft der Runkelrübe Zucker zu kochen. Doch blieb es zunächst beim Versuch, bis angesichts der von Napoleon verursachten Notlage der Domänenpächter Franz Carl Achard, Direktor der Berliner Akademie der Wissenschaften, zu Anfang des 19. Jahrhunderts auf seinem Gute Kunern bei Breslau, Schlesien, diesen Gedanken wieder aufgriff. 1802 gelang es ihm, aus 8000 Zentnern „schlesischer Rüben" 300 Doppelzentner Sirup herzustellen. Der gewonnene Rohzucker wurde in einer Breslauer Siederei zu Verbrauchszucker raffiniert.

Die erste mit großem Erfolg betriebene Zuckerfabrik war die des Freiherrn von Koppy, die im gleichen Jahr in Krayn errichtet wurde. Dies war der Beginn der Zuckerherstellung aus Rüben, die bald in den vielen deutschen Staaten, aber auch in

Frankreich nachgeahmt wurde. Koppy begann mit wissenschaftlichen Versuchen zur Züchtung einer zuckerhaltigen Rübe, die sein Sohn Wilhelm dann erfolgreich fortsetzte. Seitdem kennen wir die Zuckerrübe, lat.: Beta vulgaris L. ssp. vulgaris var altissima Döll. Sie ist eine Kulturvarietät der Runkelrübe mit einem großen Gehalt an Saccharose von etwa 18–22 %. Sie gehört zur Familie der Gänsefußgewächse, lat.: Chenopodiaceae.

Achard und Vater und Sohn Koppy legten den Grundstein für die gesamte europäische Zuckerindustrie. Sie richteten Lehrgänge für „Raffinadeurs" ein. Wichtig war auch, dass die Kohlenreviere Schlesiens ausreichende Energie lieferten, die benötigt wurde, um die Unmengen von Rüben zu kochen und zu verdampfen. Schlesien blieb neben den mitteldeutschen Zuckerrübenanbaugebieten führend.

1802 war der Beginn einer landwirtschaftlichen Revolution: Der Rübenanbau stieg in den folgenden Jahrzehnten in Europa um das Vielfache. Aber populär wurde der Rübenzucker noch lange nicht. In Spottversen wurde er herabgesetzt, man bezeichnete ihn sogar als gesundheitsschädlich. Wie konnte der Saft einer Rübe, also aus Viehfutter, für die menschliche Ernährung taugen! Doch die Zwangslage, in die Napoleon die europäischen Menschen versetzt hatte, führte zu immer erfolgreicheren Versuchen der heimischen Zuckerproduktion.

Der französische Kaiser verfügte deshalb in zwei Dekreten, einem vom 25. März 1811 und dem zweiten am 15. Januar 1812, die Übernahme der Achard'schen Produktionsweise in Frankreich und damit auch in der Pfalz, die seit 1801 französisches Staatsgebiet war. Die Wirkung dieser Dekrete war enorm. 1812 stellten schon über 150 Betriebe Zucker aus Rüben her.

Stöbert man ein wenig in historischen Überlieferungen der Pfalz, so findet man unmittelbar Hinweise auf die sofortige Umsetzung der kaiserlichen Dekrete. So heißt es in einem Schreiben des Unterpräfekten bei der Regierung in Speyer vom 7. April 1811 an den Bürgermeister von Mutterstadt:

„Nach Ansicht des kaiserlichen Dekretes vom 25. März, welches verordnete, dass in dem ganzen Reich 32 000 Hektar Runkelrüben angepflanzt werden sollen, um zur Zuckerfabrikation benutzt zu werden ... sollen im Department Donnersberg 400 Hektar angebaut werden und besonders im Bezirk Speyer 200 Hektar."

Damals gehörten zur Verwaltungseinheit Speyer die Kantone Dürkheim, Edenkoben, Grünstadt, Neustadt und Mutterstadt. In letzterem Kanton sollten folgende Ackerflächen bebaut werden: Mutterstadt 2 ha, Schauernheim 6 ha, Dannstadt 12 ha, Assenheim 6 ha, Neuhofen 6 ha, Alsheim 2 ha, Böhl 12 ha, Iggelheim 8 ha, Hochdorf 6 ha und Fußgönheim 6 ha.

Die Verordnung schreibt außerdem vor, dass der (Bürgermeister) „Maire alle Mittel anwenden sollen, die in ihrer Gewalt sind, um Samen von weißen Runkelrüben zu bekommen, welche nach der Behauptung der Chemiker weit mehr Zuckerkraft enthalten als die normale Runkelrübe, die bisher allgemein in dem Bezirk gepflanzt wird." Schließlich gibt es auch noch einen Hinweis, zögerliche Bauern zu überzeugen, dass „ihre Produkte hinlänglichen Absatz ihrer Ernte finden werden. Die Gemeinden, welche imstande sind, eine größere Anzahl von Hektaren anzusäen als die ihres Kontingents, sind eingeladen es zu tun, weil neue Manufakturen zur Extraktion des Sirups angelegt werden und dieser Zweig der Industrie einer großen Zuname fähig ist."

Offenbar fiel diese Anordnung auf fruchtbaren Boden, denn ein Jahr später wurde die Anbaufläche auf 2800 ha erweitert. Der Unterpräfekt belehrt aber den Bürgermeister auch, dass er von ihm Eifer erwartet, „dass Sie nichts vernachlässigen werden, um diesen wichtigen Gegenstand vollkommen in Ordnung zu bringen."

Die uns so bekannte Regelungswut der Brüsseler Behörden findet aber schon ihre Vorbilder auch in der französischen Reglementierungssucht der damaligen Zeit, denn der Unterpräfekt Sers wies in einem Schreiben vom 12. Februar 1812 darauf hin, dass jedermann, der gesonnen ist, „Runkelrüben zu pflanzen, dem Bürgermeister in 24 Stunden den Umfang der Felder, die er hiezu bestimmt, mitzuteilen" hatte. Nach Ablauf dieser Frist musste der Bürgermeister dem Eigentümer anzeigen, wie viel Feld er dem Zuckerrübenanbau zu widmen habe. Außerdem müsse er darauf achten, dass nur die weiße Runkelrübe angebaut werde.

Ohne den imperialen Franzosenkaiser und seine Herrschaft in Europa hätte es keine Kontinentalsperre gegeben, damit auch sicher nicht die beschleunigte Übernahme der Zucker-produktion aus der Runkelrübe. Die Kontinentalsperre endete mit dem Sturz Napoleons 1814. Doch nun überschwemmten mehrere tausend Tonnen Rohrzucker den Markt.

Die europäische Rübenzuckerherstellung war der Konkurrenz von mit Sklavenarbeit gewonnenem Rohrzucker aus Übersee nicht gewachsen. Eine Zuckerfabrik nach der anderen musste schließen. Die Bauern litten auch unter der mächtig werdenden Lobby des Kolonialzuckers, die es beinahe geschafft hätte, den Rübenzucker komplett zu verdrängen. Erst die beginnende Auflösung der Sklaverei in Übersee sorgte dann wieder für den kontinuierlichen Ausbau der Zuckerindustrie in den deutschen Staaten.

Gab es zum Beispiel in Hamburg 1825 noch 250 Rohr-zuckersiedereien, die den Zucker aus kolonialem Rohzucker ge-wannen, so zählte man 1842 nur noch 80. Gleichzeitig mit dem Abstieg dieser Siedereien fand der Aufstieg der Rübenzucker-industrie statt. Es kam Mitte des 19. Jahrhunderts zu Massen-gründungen von Zuckerfabriken. In den 1880er Jahren war Hamburg der größte Exporthafen für deutschen Rübenzucker. Die Zuckerrübe hatte es geschafft, sich auf dem europäischen Kontinent durchzusetzen und den Kolonialzucker endgültig zu verdrängen. 1888 wurde in Mannheim die seither bekannte Firma Südzucker gegründet. Seitdem kennen wir Feinzucker,

Hagelzucker, braunen Zucker, Fruchtzucker oder Isomalt, das in sogenannten „zuckerfreien" Süßigkeiten verwendet wird. Dass die pfälzische Zuckerproduktion neben der schlesischen seit 190 Jahren große Bedeutung hatte, wurde „verewigt": In der Fachsprache heißt Isomalt auch Palatinit, was sich an den lateinischen Namen für die Pfalz anlehnt.

Von Schmetterlingen, Faltern und Hexen

Jetzt fliegen sie wieder: die Schmetterlinge. Friedrich Hebbel (1813–1863) hat stimmungsvoll in seinem Gedicht „Sommerbild" einen Schmetterling geschildert:

Es regte sich kein Hauch am heißen Tag, nur leise strich ein weißer Schmetterling;
doch ob auch kaum die Luft sein
Flügelschlag bewegte, sie empfand es und verging.

Im modernen Schlager finden sie auch Eingang: „Fliege bunter Schmetterling ... Papillon, Papillon ..."

Wir besingen sie und erfreuen uns an der bunten Farbe ihrer Flügel wie beim Pfauenauge oder an dem intensiven Gelb des Zitronenfalters. Manche Sammler spießen die lieben kleinen Tiere auf Nadeln auf, verfrachten sie in Schaukästen. Im idyllischen Schmetterlingstal auf der Insel Rhodos gibt es trotz der vielen Touristen, die dorthin gekarrt werden, immer noch Schmetterlinge.

Wir nehmen dies alles zur Kenntnis, doch woher kommt der Name Schmetterling? Die Forschung nach der Herkunft und Bedeutung von Wörtern – die Semantik bzw. Etymologie – kann uns weiterhelfen und Beispiele dafür liefern, wie, die nationalen Sprachgrenzen überschreitend, die europäische Völkerfamilie Gemeinsamkeiten in der Benennung von gemeinsamen Phänomenen kennt.

In der griechischen Sprache bedeutet „pallein" „schütteln", woraus die Römer „papilio" – „Schmetterling" gemacht haben: ein Tier, das die Flügel schüttelt. Die Franzosen nennen heute unseren Schmetterling „Papillon". Dieses Wort verweist aber auch noch auf einen anderen Begriff der französischen Sprache, der uns sehr geläufig ist: Ein Ausstellungsgebäude wird als „Pavillon" bezeichnet. Ursprünglich wurden seit dem 3. Jahrhundert n. Chr. Zelte mit Seitenflügeln „papilio" genannt, woraus im Altfranzösischen „pavillon" und im Mittelhochdeutschen „pavilum" wurde.

Mit dem griechischen Wort „pallein" ist das deutsche Wort „Falter" verwandt, das wir im Schweizerischen auch als „vivaltra" kennen. Vor etwa 400 Jahren verdrängte, aus Oberschlesien kommend, der neue Begriff „Schmetterling" die Bezeichnung „Falter". Mundartlich überliefert ist die Bezeichnung „Schmetten" für „Sahne", „Rahm". In „Smant" – „Schmand", den wir kaufen, um Speisen zu verfeinern, begegnet uns dieser Begriff täglich. Er ist slawischen Ursprungs, im Namen des tschechischen Komponisten Smetana enthalten und war in vielen deutschsprachigen Gegenden Ungarns und Polens, aber auch im Baltikum gebräuchlich.

Man vermutet, dass der Begriff „Schmetterling" aus „Schmetten" – „Sahne" und dem Lautgebilde für „lecken" – „lm" oder „ml" – „Milch", „Molge" zusammengeführt wurde und der Schmetterling damit ein „Rahm leckendes Tier" ist. In Mecklenburg spricht man vom „Bodderlicker" – „Butterlecker". Die Engländer sagen zum Schmetterling „butterfly" – „Butterfliege".

Die Volkskunde kennt die Überlieferung, dass Hexen in Gestalt von Schmetterlingen bei Kühen und Ziegen die Milch verderben. Der Schmetterling wird als Hexen- und Geistertier gesehen. Im Rumänischen werden „Kohlweißlinge" „hexe striga" genannt. Dort, wo auch die Vampire zuhause sind, geht der Glaube um, dass Schmetterlinge in das Herz des schlafenden Kindes eindringen, Fieber verursachen und ihm das Blut aussaugen. Im Litauischen bezeichnet das Wort „drugys" sowohl Schmetterling als auch Fieber.

Diese „böse" Art von Schmetterling wird im Schottischen auch „witch" genannt, eine Bezeichnung, die wir spätestens seit Shakespeares „Hamlet" als „Hexe" kennen. Von dieser Ebene der Betrachtung ist es dann nicht mehr weit zu einer weiteren Bedeutung von Schmetterling: Rätoromanisch wird er „mammadonna" genannt. Dieses Wort für eine alte Frau klingt auch in anderen Sprachen an, wenn volkstümlich der Begriff Schmetterling nachgefragt wird. Im Russischen bedeutet „babotschka" sowohl „Schmetterling" als auch „Großmutter" und im Schwedischen ist ein Schmetterling eine „käringsjal" – „Altweiberseele".

Über allerlei Speisen aus der Fremde

Wenn man die Speisekarten unserer Restaurants, wenn man den Küchenzettel der Woche auf den Kalenderblättern anschaut, aber auch wenn man die eigenen Essgewohnheiten beachtet, fällt auf, dass wir Gerichte zu uns nehmen, deren Ursprung meist nicht in Europa zu finden ist.

Mit der Entdeckung Amerikas kam die Kartoffel nach Europa, auch der Kakao, die Tomate und der Mais. Sozialgeschichtlich hochinteressant ist dabei die Frage, was hätte die rasch wachsende europäische Bevölkerung im 19. Jahrhundert gegessen, wäre die Kartoffel nicht entdeckt worden?

Wie schmackhaft die „Grundbirne" zubereitet werden kann, weiß jede Hausfrau; jeder Junggeselle kann zumindest Bratkartoffeln backen. Ohne die Erfindung der Pommes frittes müssten heute geplagte Mütter ihren Kindern jeden Tag Spaghetti mit Tomatensoße servieren.

All die leckeren Kartoffelgerichte – auch die gemeine Salzkartoffel, die in vornehmen Restaurants natürlich einen französischen Namen erhält – lassen vergessen, dass man in Europa am Beginn der Neuzeit zunächst versuchte, das unbekannte amerikanische Knollengewächs roh zu essen, bis jemand auf die Idee kam, die Kartoffel zu braten und zu backen. Von nun an war sie aus der deutschen Küche nicht mehr wegzudenken. Auch die Engländer müssten sich fragen, was sie anstelle von fish 'n' chips – Fisch und gerösteten Kartoffelscheiben – essen würden.

Dass es auf die Frage der Zubereitung ankommt, hat auch ein anderes Produkt bewiesen, das mit Kolumbus aus Amerika nach Europa kam: Die Indios tranken den Kakao reichlich gesalzen. Erst spanische Mönche versüßten sich und uns den Kakao und damit unser Leben mit köstlichen Schokoladenspeisen.

Kolumbus brachte aber den Indios auch eine wohlschmeckende Errungenschaft des „alten" Europa mit: das lockere, luftige, weiche Brot. Dass man dem Brotteig Gärungsmittel hinzusetzen muss, um den gebackenen Teig beißbar zu machen, war den Indios, wie so vielen anderen Völkern dieser Erde, nicht bekannt. Vergisst man nämlich, dem Teig Hefe oder Sauerteig zuzugeben, wird er nach dem Backen steinhart.

Die alten Ägypter übernahmen von den Mesopotamiern vor mehreren tausend Jahren diese Kunst, Brot wie wir es heute kennen, zu backen. Die Mesopotamier hatten dem Teig Hefe aus Gerstenbier beigemengt, das beim Backen Gase entwickelte und den Teig lockerte.

Wenn wir schon zur Erklärung der Entstehung des Brotes in den Orient reisen müssen, erinnern wir uns auch an die vielen Auseinandersetzungen zwischen den zahlreichen Völkerschaften im Lande von Nil und Euphrat und Tigris.

Zur Erinnerung an den Auszug der Juden aus Ägypten essen diese heute noch besonders zur Osterzeit bei den Nomaden bekannte, auf heißen Steinen getrocknete Teigfladen: die Mazza. Damals nämlich, als sie Hals über Kopf aus Ägypten ziehen durften, blieb ihnen keine Zeit mehr, Teig mit Hefe anzusetzen. So mussten sie auf ihrer Wanderschaft mit den dünnen Mazzen, dem „Brot des Elends", vorliebnehmen.

Das ihnen besser schmeckende und durch Sauerteig oder Hefe locker gebackene Brot nannten die Juden Lechem. Uns ist dieser Begriff besser bekannt von dem Ortsnamen Bethle(c) hem, denn dort, in „Brothaus", wurde Jesus geboren.

Die Griechen und die Römer kannten solches Brot nicht. Die Griechen trockneten ihren Gerstenbrei, der steinhart, zum Essen erst einmal eingeweicht werden musste. Diese Gerstenbrote hatten mit den Teigfladen der Nomaden nicht nur die Härte, sondern auch den Namen gemeinsam: Mazza. Ganz nebenbei gesagt: Die Geschichte der Physik ist ohne diese Mazza nicht denkbar. Gab doch dieses harte Brot das Wort für „Masse" in der Fachsprache der Naturwissenschaftler.

Doch zurück zur Geschichte des Brotes. Als Jesus in Judäa lebte, sprach man dort nicht mehr hebräisch, sondern aramäisch: aus „lechem" wurde nun „pitta", unsere Pizza. Diese Pitta war ein flaches, weiches, rundes Brot, das nach dem Backen mit allerlei Gewürzen und Gemüsen oder auch mit Chalwa, einem aus Milch und Sesam hergestellten Brei, bestrichen wurde.

Der Tourist, der heute nach Ägypten reist, sieht in den Straßen der ägyptischen Städte und Dörfer die Händler, die Pitta mit Halwa (Chalwa) anbieten. Sie wird meist kalt gegessen. Die Pitta fand dann den Weg nach Europa, zunächst nach Neapel, das die Geburtsstadt unserer Pizza wurde. Sie wird nun vor dem Backen mit allerlei Zutaten belegt und meist heiß serviert!

Autorenverzeichnis

A/DOUBLE U/G
Die Kur ist das schriftstellerische Erstwerk von Andreas W. Gschwind, der sich zukünftig unter dem Synonym A/double u/G als Autor und Fotokünstler einen Namen schaffen und im öffentlichen Leben Fuß fassen möchte.

WERNER WILHELM BAUSKE
Jahrgang 1949, studierte von 1968 bis 1972 an der Pädagogischen Hochschule Halle mit Abschluss Diplom. Sein Haupttätigkeitsfeld war die Kinder- und Jugenderholung, ab 1996 kümmerte er sich um den Aufbau und Betrieb des Kinder- und Erholungszentrums Friedrichsee. Er ist verheiratet und hat drei erwachsene Kinder.

TOM BLUNIER
wurde in den 1950er Jahren geboren. Er fristet in der Schweiz sein Rentner-Dasein. Davor arbeitete er als Seelsorger und Religionslehrer.

MARKUS BRACHER
wurde 1975 in Winterthur geboren. Seit 1991 verfasst er Poesie. Seine Werke beschreiben die Sicht der Dinge aus seinem Empfinden heraus und sollen mit schwermütiger und teils lustiger Dichtkunst zum Nachdenken anregen. Sie bieten eine Stütze für alle, die Ähnliches erleben und fühlen.

INES DRABER

Jahrgang 1969, schreibt seit ihrer Kindheit Gedichte und Geschichten. Aufgewachsen in einem Forsthaus sind ihre wunderbaren Erlebnisse in Flora und Fauna Inspiration für ihr Schreiben. Die studierte Wirtschaftsingenieurin und Kräuterpädagogin lebt mit ihrem Ehemann im Erzgebirge.

SEEMONA FALKE

Beruflich war Seemona Falke in verschiedenen Funktionen als Rechtsanwältin tätig. In ihrer Familienzeit bildete sie sich spirituell und medial weiter. In mehreren Nahtoderfahrungen erlebte sie die Loslösung der Seele vom Körper. Aus der engen Verbindung mit der geistigen Ebene entstanden vorliegende Gedichte.

KARIN GLANZER

gebürtige Kärntnerin, wohnt seit 35 Jahren in Niederösterreich. Sie ist 55 Jahre, geschieden und hat zwei erwachsene Söhne. Zudem ist sie Bürokauffrau und schreibt schon seit ihrer Jugend gerne Texte. Darüber hinaus arbeitet sie in einem großen Energieunternehmen im Büro.

VERONIKA HAHN

geboren 1974, wuchs auf einem Bauernhof mit zwei Schwestern, Eltern und Großeltern auf. Nun lebt sie mit Partner in einem Haus am Waldrand. Sie ist Kindergartenpädagogin mit 30 Berufsjahren als „Kinder-Gärtnerin". Als Kind hat sie stets gern in Leihbücherei-Büchern gelesen. Ihr Herzensanliegen ist es, Kinder für ihren Lebensweg zu ermutigen und zu stärken.

ANNE-SOPHIE HEIM

Die Autorin Anne-Sophie Heim ist 27 Jahre alt und kommt aus Reinheim. Mit ihrer Faszination für die Welt der Geschichten verfolgt sie ihren Traum, selbst ein Buch zu veröffentlichen, und schreibt, neben ihrer Arbeit als Konditorin, an dem Manuskript einer Fantasy-Dystopie.

INGO KLÖCKER

geboren 1937, studierte Maschinenbau und Design und promovierte über menschliches Verhalten. Er arbeitete 20 Jahre lang in der Industrie, 30 Jahre an der Hochschule. In der Erwachsenenbildung trainiert er kreatives Arbeiten und ist in seinem parallelen Leben bildender Künstler und Autor.

MAX KÜHBANDNER

geboren 1950 in München, war über 40 Jahre als Entomologe (Spezialist für Insekten) in der Zoologischen Staatssammlung in München tätig.

HAZIR MEHMETI

wurde in Kosovo geboren und lebt seit 1996 in Wien. Er schreibt Erzählungen und Gedichte, veröffentlichte Analysen in verschiedenen Zeitungen und ist auch publizistisch tätig. Zudem ist er Autor mehrerer literarischer, journalistischer, methodischer und pädagogischer Werke in albanischer und deutscher Sprache. Er wurde bereits mit mehreren Literaturpreisen für Prosa und Lyrik bedacht.

GERHARD F. MERTEN

Jahrgang 1951, ist ein ehemaliger Gymnasiallehrer, später Berufs-
berater, wohnhaft in Gerolzhofen. Seit 1996 ist er aus gesund-
heitlichen Gründen im vorzeitigen Ruhestand. Seit frühester
Jugend schreibt er gelegentlich Gedichte, Kurzgeschichten und
Liedtexte.

DIETER NÖTZEL

Jahrgang 52, wurde in Sachsen/Mittleres Erzgebirge geboren. Er
machte seinen Ingenieurabschluss 1976 in der Elektro- und Auto-
matisierungstechnik, ist verheiratet und zog 1977 nach Greifs-
wald. Seine Hobbys sind Literatur und Geschichte, Schreiben,
Fotografie, Fahrradfahren – und Bücher, Bücher, Bücher.

LUCY OHLIG

geboren 1984 in Alicante, ist deutscher Herkunft und wuchs in
Spanien auf. Vor zehn Jahren ist sie mit ihrem Mann und dem
damals vier Monate alten Sohn nach Paraguay ausgewandert.
Mittlerweile ist die Familie um einen weiteren Sohn gewachsen.
Lucy schreibt neben ihrer Arbeit als Hausfrau, Mutter und dem
Management des eigenen Immobilienunternehmens.

KAROLIN ASTRID PICHLER

Jahrgang 1982, studierte Kommunikationswissenschaft an
der Paris-Lodron-Universität Salzburg. Ihren Gedanken über
Wesen und Psyche des Menschen verleiht sie Ausdruck in Gedichten, Liedern, Hörspielen sowie Songs für das Projekt „Radio
Pauseroni".

DR. VJERA RASKOVIC-ZEC

geboren 1935 in Kroatien, lebt und arbeitet seit 1987 in Wien. Dort unterrichtete sie an Volksschulen muttersprachlichen Zusatzunterricht für Kinder aus dem ehemaligen Jugoslawien. Zwei Mal war sie Präsidentin des Kulturverbandes jugoslawischer und später serbischer Klubs in Wien.

WERNER ROHRHOFER

aus Linz/Donau ist Journalist, Autor und Kabarettist. Er schreibt für diverse Theater und hat bisher 13 Bücher mit Satiren veröffentlicht. Der Text stammt aus seinem aktuellen Kabarettprogramm. Erreichbar unter: rohrhofer@liwest.at

MANUELA SCHMIDT

wuchs auf der Insel Rügen auf. Inspiriert von der Natur und dem Meer begann sie schon früh erfolgreich zu malen. Mit viel Fantasie erzählte sie oft Geschichten, denen die Kinder und auch Erwachsene gern zuhörten.

CHRISTINA SCHWALM

wurde 1952 in Zürich geboren. Nach Abschluss des Gymnasiums studierte sie Anglistik und Germanistik und verfasste ihre Masterarbeit über die kanadische Schriftstellerin Margaret Atwood. Sie war Englisch- und Deutschlehrerin an diversen Gymnasien in den Kantonen Zürich und Thurgau. Christina Schwalm schreibt Gedichte, Kurzgeschichten, Theaterstücke und Theaterkritiken (auf Englisch und Deutsch). Sie interessiert sich besonders für Natur, Politik, Familienforschung, Traumatherapie und Kunst.

JOANNA TURBOWICZ

in Polen geboren, emigrierte in den 1960er Jahren in die Bundesrepublik. Dort machte sie das Abitur, studierte Soziologie und Kunstgeschichte und absolvierte anschließend die Deutsche Journalistenschule. Sie war als Redakteurin für diverse Zeitschriften tätig. Seit der Geburt ihres Sohnes arbeitet sie als freie Journalistin.

JULIA WAGNER

36 Jahre alt, ist verheiratet und hat drei Kinder. Mit dem Schreiben von Gedichten hat sie für sich einen Weg gefunden, ihren Gedanken und Gefühlen Ausdruck zu verleihen, Trauer zu verarbeiten und mit den prägenden Geschehnissen unserer Zeit umzugehen.

ANNA WISNIEWSKI

ist eine in Polen geborene Publizistin und Autorin. Nach dem Studium Anfang der 1980er Jahre zog sie nach Österreich. Seitdem lebt und arbeitet sie in Wien.

DR. HANS-JÜRGEN WÜNSCHEL

wurde 1947 geboren. Nach seiner Tätigkeit als Akademischer Direktor befindet er sich nun im Ruhestand, hat aber weiterhin eine Gastprofessur an der Universität Tschenstochau in Polen inne.